週末の食卓

四代目油甚
桐山惠行（きりやまやすゆき）

文芸社

はじめに

私は滋賀県長浜市にある明治36年創業の油商の四代目。31歳の時に父が膵臓がんで亡くなったのを機に東京でのサラリーマン生活を辞めて故郷長浜に。しかし実家は店舗と一体となった築百年を超す古い町家であり、そこで母喜久子と私たち家族の同居が始まった。平成の時代に入っていながら、汲み取り式のトイレと割木で湯を沸かす五右衛門風呂の生活は都会生活に慣れた妻を閉口させた。その後まもなく店舗改装に伴い水回りと居間を改修し、ようやく私たちの第二の人生は円滑な回転を始めた。

なお、この物語の主役は母喜久子である。母は大正12年生まれ。短い期間ではあったが小学校教師を経て、長浜の油屋に嫁いだ。姑、小姑との生活、そして住み込みの従業員の食事の世話など苦労が続いた。そのせいか実年齢よりも老けて見え、おまけに4人兄弟の末っ子であった私は、友人から授業参観に「おばあちゃんが来たぞ」と言われることもあった。当時、母は口うるさく、世間体も気にして、決して面白味のある人柄ではなかった。

しかし、父が亡くなり、私たちと同居するようになった母は見違えるように明るい「おばあちゃん」になっていった。年々天然ボケが進み、言行録を取っておきたくなる衝動にかられた。偶さか2008年から地元の地域ブログに「じんとにっく」の名で毎日寄稿するようになり、その中に母と家族との会話を紹介する「週末の食卓」を随時公開したところ、読者から好評を得た。

本作はその「週末の食卓」からの抜粋である。このタイトルは「家族がそろって食事を共にする」という私の子供の頃の憧れに由来する。私がこの家で育った頃は、父はお得意様回りや寄り合いで帰りが遅く、兄弟も生活習慣が異なり、食事を揃って食べる習慣が無かった。美味しいものを食べてお腹がふくれて楽しい会話をする食卓にこそ「家族」の愛が生まれる。せめて週末だけでも、という思いであったが、幸いこの楽しいひと時をより頻繁に持つことができたと思っている。慣れない環境に飛び込み、姑との同居も厭わず常に美味しい食事を用意し続けてくれた妻にはそういう意味でも、本当に感謝している。

母喜久子は平成28（2016）年3月14日に亡くなった。葬儀に集まった時、兄弟4人が母を呼ぶ呼び方がそれぞれ異なることに気づいた。東京に住みながら母を慕う兄は幼児期からそう呼んでいたのか「おかちゃん」、大阪の姉は大阪弁なまりで「おかあちゃん」、そして近所に嫁いだ下の姉は礼儀正しく「おかあさん」。それぞれの呼び方には母との繋がりや思いがこめられている。そして四半世紀3世代で同居をしてきた私はもちろん「おばあちゃん」だ。

「おばあちゃん」と呼ばれるのを嫌う同年代の老婆を尻目に、「何を言うんてるんやいな。おばあはおばあでええがな」とますますチャーミングな「おばあちゃん」になっていく母は、まさに油商の当店のモットー「楽しくオイル」を別の意味で実践していった。黒柳徹子さんは、「年寄り笑うな、いつか行く道」という言葉を聞いて「アラ年寄りは笑わなきゃいけないのよ。笑う年寄りの方が長生きして呆けないんですって」と答えたそうだが、まさにその言葉通りに生きた母。「老婆は一日にして成らず」。これは苦労の多かった「おかあさん」が、お茶目な「おばあちゃん」へと変身していった第二の人生の物語でもある。

2008年

2008/7/14

（その１）

私：「おい、 iPhone ってすごい人気らしいな」

妻：「そうそう、テレビでやってた」

母：「ほうやろ面白いわなあ、水谷と寺脇の……」

妻&私：「？？？？？？？」

息子：「それ、相棒やろ」

（その２）

母：「今日、福井から来ゃったお客さん、ようしゃべらあるんやけど、歯がないもんやで何しゃべってやあるかわからんかったわ」

息子：「いっそ、おばあちゃんも入れ歯はずしたったらよかったやん」

妻：「話にならんやろ」

私：「いや、はなし（歯無し）が通じる」

2008/7/27

大阪に住んでいる姉が久々に帰って来た日の晩御飯。

部活で疲れてソファで寝ていた息子は寝ぼけまなこ。

母：「今日はりゅうちゃん（息子）の好きなお好み焼きやで。早よ食べや」
息子：「……」
母：「何や、何にも言わんと。具合悪いんか？」
息子：「(聞こえないような小声で）いや寝てたし……」
母：「あれま、聞こえんわ。加容子（姉)、後で耳くそ取ってんか」
妻：「今まで寝てたんで頭動いてないんですよ」
母：「それにしても、いつもはもっとようしゃべるのに、無口やなあ」
姉：「おかあちゃんは、口が六つある　むくち（六口）やわ」

そうそう、よくぞ言ってくれました。

2008/9/1

北京オリンピック体操個人総合で内村航平が銀メダルを取った数日後、甥で同名の「こうへい」君（母の孫）が当家にあいさつに来た日の晩のこと。

母：「うちのこうへいは野菜を全然食べんのやてよ」
妻：「そんなことありませんよ、こうちゃん野菜大好きですよ」

母：「いやあ、テレビで言うてやったで」
妻＆私：「？？？？？」
息子：「内野でなくて内村こうへいやろ、おばあちゃん」

まぎらわしい時期にまぎらわしい名前。

2008/10/6

（その１）
炒めた茄子の皮だけを母が残したのを見て。

妻：「お母さん、茄子の皮食べられなかったんですね」
母：「あかんのや、入れ歯がゆるんできて。秋茄子の皮は硬いでな」
妻：「秋茄子は姑（しゅうとめ）には食わすな、ですね」
母：「その言葉を嫁（よめ）から聞くのは初耳やな（笑）」

（その２）
近くに住む姉がデュアスロン世界選手権出場の息子の応援に行ったイタリアから帰国した晩のこと。

母：「表閉めてもたけど、比左子（姉）、あいさつに来んやろなあ」
私：「まあ帰ってきた日は疲れて普通来んやろ」
母：「飛行機に揺られて頭おかしなるやつやろか？」

一同：「？？？？」
妻：「エ、エコノミー症候群ですか？」
母：「？？？？」
息子：「アア〜ん、時差ボケか！」
母：「それそれ」

2008/12/1

TVのバラエティ番組を見ながら、

母：「ほれ出てきたぞ、東丸が」
私：「ひがしまるって誰？」
母：「ほれ、あの知事よ」
息子：「おばあちゃん、東国原（ひがしこくばる）やろ」
母：「ほんな名前覚わらへんもん。ええのよ、『ひがしまる』で」

確かに顔は「ひがしまる」ですな、しょうゆ顔ではないけど……。

2009年

2009/2/9

（その１）

東京の兄と大阪の姉が、母を温泉に連れて行くという話が出て。

母：「私な～、温泉嫌いなんや、心臓悪いし。あんなところで倒れたら迷惑かかるやろ」

妻：「何を言ってるんですか。実の息子と娘に何も気兼ねすることないじゃないですか」

母：「いやあ、温泉て、ほら若いぴちぴちした人はええわいな。胸もボンボンと出たって。私ら、お腹だけやがな、ぼこ～っと出たるのは」

私：「ほんなスタイル気にしてどうするん」

母：「いやぁ、しかし温泉はかなんわ」

妻：「ごちゃごちゃ言ってないで連れてってもらって下さい！」

たまにはお出掛けしてほしい……か？

（その２）
晩御飯の鍋で、開かないはまぐりを持ち上げて。

妻：「あ～死んでるかもしれんわ、このはまぐり」
息子：「えっ！　貝って生きてるのを入れるん？　死んでたら何であかんの？」
妻：「『貝毒』に中（あた）るんや」
息子：「生きてるか死んでるかどうやって『解読』するん？」
妻：「事前に『嗅いどく』とか……」
私：「でも死んでる貝は安いんやろ。『買得』とか言って……」
母：「……」

私は貝になりたい……か？

2009/3/14
（その１）
大皿からおかずを箸で取ろうとしてズボンの上に落とした息子を見て。

妻：「あー、落ちた、落ちた、落ちた！　あかんがな、もう！」
母：「すんまへん。ごめん、ごめん、ごめんなさい」

妻：「何でお母さんが謝るんですか？」
母：「いや、年寄りっちゅうもんは、いつこぼしたり何をしでかすかわからんでな、最初から謝っとこかと思て……」

「転ばぬ先の杖」？　じゃなくて「転ぶ前から絆創膏」？

（その２）
朝ドラ「だんだん」でヒロインの一人「のぞみ」に「こうた」がプロポーズする場面を見て。

こうた：「のぞみちゃん、結婚してごしない*」
母：「何やいな、結婚してほしない、って。して欲しいんとちゃうんかいな」
私：「あのな、『ほしない』でなくって、『ごしない』」
母：「『ほ』やろ？」
私：「『ごっ!!』」
母：「『ほっ！』」
私：「はいはい」

＊ごしない：「〜して下さい、〜してちょうだい」の意の島根弁

2009/3/30

（その１）

朝ごはんを食べにダイニングに来るなり、

母：「よわったぞ、こりゃ、いよいよ認知症やな」

私：「どうしたん？」

母：「今日が何曜日かわからんようになってもた」

妻：「いつもと変わったことがあると、そうということもありますよ」

母：「ほ〜かなァ、ほんで今日は何曜や？」

私：「にんち曜」

母：「アホッ！」

（その２）

WBCで日本が韓国に勝って優勝した日。

母：「日本どうやった？」

私：「勝ったよ、優勝！」

母：「ほうか、ほんなら夜もっぺんやるやつ（録画）見なあかんな」

そして、昼間TVを見ていなかった母が夜自分の部屋で録画放送を見ていて、

妻：「お母さん、お風呂どうぞ〜」

（部屋から出てきて）

母：「もうちょっと野球見たいんやけど、まだしばらく終わらんやろか？」

私：「う～ん、今9回裏で韓国に追いつかれたとこやから、まだちょっと終わらんな」

母：「ほうか、ほんなら風呂行こか」

（風呂から出てきて）

母：「もう済んでもたか？」

私：「うん、終わったわ」

母：「ほうか、ほんで勝ったか？　日本」

ライブで勝って、録画で負ける試合があろうものか！

2009/8/11

（その1）

我が伊部町は60歳以上の方が総人口の半分以上の限界集落です。

母：「気がついたら、この町には年寄りがや～れんようになってもたなぁ」

私：「な、な、何て？　年寄りしかや～れん、やろ？」

母：「何でいなあ、年寄り言うたら会津屋のおばあさんが96歳やろ。あとは隣のおきみさんくらいやがな」

私：「あのなぁ、 70歳以上の人でもごろごろしてやあるやん」
母：「70歳みたいなもん、なんで年寄りやいなあ」

「年寄り」は「年上」の同義語ですかな。

（その２）
夕飯のおかずを目の前にして。

母：「あ～ぁ、ありがたいなあ。毎日こうやってごちそうよばれさせてもろて。極楽やなぁ」
私：「はいから極楽行ってもたら、死んでからどうするんよ？」
母：「地獄行きやろなぁ」
妻：「いや閻魔さんがご遠慮しときますって……」

2009/9/12
（その１）
夕飯の時に息子が居ないのを見て。

母：「あれ、りゅうちゃんは？」
妻：「今日は塾で8時まで自主勉だそうですよ」

（8時頃塾から帰って来て）
息子：「あ～、完璧に寝てもた～。気がついたら7時50

　　分やった」
妻：「あんた、何しに塾行ってんの？」
私：「ジュク睡……」

塾の隣が布団屋さんだけに……。

（その２）
最近、あまり旅行にも行かなくなった母ですが、

母：「最近はトイレから何からすっかり完備した観光バスがあるらしいな」
私：「そういうバスに乗せてもろて、どっか旅行してきたらええやん」
母：「私みたいなモンがほんな立派なバスに乗ったらバチが当たって、事故が起きる」
私：「そんな一人の力で事故が起きましょかいな」
母：「いや一人でも変なのが乗ってると危ない。ほれ爆弾持って乗り物に乗る奴もおるがな」

あなたは、テロリストですか!?

姉二人に連れられて東京旅行　兄の家族たちと

2009/10/12

（その１）

妻が夕食の準備をしている時にキッチンに入ると、

妻：「あ〜、ちょうどええとこに来た。ちょっと手伝って〜よ」

私：「なに、何で？」

妻：「めっちゃ忙しいんよ」

私：「猫の手も借りたいっちゅうやつやな」

妻：「いやイカの手が借りたい」

10本も要るんかい!?

（その２）
テレビで旅番組を見ていて、日光東照宮が出てきた時、

母：「あ～、ここは行ったわ」
妻：「私も行きました～」
私：「ボクは行ったことないわ」
母：「ほうか、日光見るまで結構言うたらあかんのやで」
私：「え～も、『結構』って言わんで」
母：「ほうか……、ほんならええわ」

そうなの？　そういう問題なの？

2009/10/27
週末じゃなくて昨晩のこと、「クイズプレゼンバラエティーＱさま!!」というTV番組を見ていて。

（その１）
「い」で始まる漢字の読みを答える問題で、

問題：「さあ９番の『可憐しい』が残った。何と読む？」
母：「ほんなもん『いじらしい』やがな」
息子：「すごい、おばあちゃん。ロザン宇治原よりすごいやん」
（どちらが東京でどちらが大阪のデータかという問題に

変わって）

母：「あかん、私しゃ時事（じじ）問題はさっぱりわからんのや」

私：「ばば問題は得意やけどな……」

母：「ははははっはっははは……アホ！」

（その２）

関東のインテリ対関西のインテリ特集だったのですが、

母：「こんな関東と関西対決させて何が面白いんやろな」

私：「え〜？　面白いやん」

母：「面白ないなあ」

妻：「おかあさん、さっきから面白がって見てるじゃないですか？」

母：「いや、もう行こうと思ても、このお尻が動きよおらんのや。よいしょっ！　こら！　動かんか！」

2009/11/13

母がテレビに出た翌日のこと。

観光客：「おばあちゃん、きのうテレビ出てたでしょ」

母：「はい、お恥ずかしいことでございます」

観光客：「ほんなことあらへんで。きれいに映ってたがな」

母：「いや、今よりはちょ〜っと若うおましたんで……」

何、言い訳してますんや？

2009/12/14

（その１）
夕飯時、息子が焼き魚に手をつけないのを見て、

母：「何やいな、何で魚食べんのやぁ？」
息子：「食べるって。後で食べるんや」
母：「ほうかぁ？　何でも食べなあかんで」
（今度は息子が母の方に向かって）
息子：「おばあちゃん、サラダ全然食べてへんやん」
母：「おん、これはな、後でよばれます」
息子：「ほうかぁ？　何でも食べなあかんで」

（その２）
TVで30人31脚を見ていて、準決勝に千葉、東京、熊本が残り、

息子：「お〜っ、すげっ！　熊本9秒08やて。速っ！」
母：「熊本か〜、さすがやなあ」
私：「何が？」
母：「アフリカに近い」
皆：「？？？？？」

（番外編）
文化功労者の新聞記事を見ながら呟く母。

「ほ〜、大鵬の本名は納谷幸喜（なやこうき）か〜」
「なるほどなぁ」
「あれあれあれ？」
「米朝の本名は」
「中川清（なかがわきよし）かいな……」

2009/12/23

（その１）
この間の日曜の夜、「坂の上の雲」と「M-1グランプリ」が重なったので、「坂の上の雲」は10時からBSで見ることにし、ライブで「M-1」を見ていた時、母が一人「坂の上の雲」を見ている別室から突然奇声が上がる。

妻：「お母さん、今何か叫ば〜ったで」
私：「うん、何やろな。ひっくり返ったんやろか？」
（と、そちらを見に行き）
私：「どうしたん？」
母：「今な、テレビで突撃ラッパが鳴ったで、『突撃〜！』
　　て言うたの！」

さすが戦中世代。

（その２）

朝ドラ「ウェルかめ」で、波美が勝乃新と行きつけのレストランで初デートのシーン。「なあ〜んや、初デートやいうのに結局亀の話ばっかり」という、がっかりした（桂三枝の）ナレーションの声に対し、

母：「ええがぁ、私こういうの好きやわ〜」
妻：「そうですよねぇ」
母：「そうそう、ねちゃねちゃねちゃねちゃしたのは嫌いや」
妻：「ねちゃねちゃしたのってどういうのですか？」
母：「ほれ、デートでも色々あるがな。何やらねちゃねちゃねちゃねちゃしたのとか……」

2010年

2010/1/17

昨年末のことですが……。おせち料理の中の黒豆を炊くのが母の得意技。でも今回は……。

妻：「お母さん、黒豆焦がさ〜ったみたいやで」
私：「ほんま、何でやろ？」
妻：「居眠りしてやったらしいわ」
（母の居るところに行って）
私：「黒豆炊いてて居眠りして焦がしたらしいな」
母：「居眠りなんかしてよかいな！　ぐっすり、寝てたんやがな」

2010/2/21

（その１）

テレビで老夫婦がマラソンに挑戦しているというのを見ていた母。

母：「この人らすごいで〜」
私：「何が？」
母：「ギブスに乗るらしいわ」

私：「ギネスやろ」

まあ、骨が折れることではありますが……。

（その２）
タカ＆トシが大島でクエを釣るという番組がちょうど流れていた時に、

息子：「あんな〜、この間久しぶりに『アラ[*1]』見たわ」
私：「へ〜、どこで？」
息子：「中学校の時の先生が亡くなって、お葬式に行った時に」
妻：「何で、そんな所に『クエ[*2]』がいるのよ？」
息子：「クエ〜？　何でクエが関係あるんよ〜？」
母：「何や？　先生のアラ[*3]が見えたんか？」

と、支離滅裂の会話がありました。

*1　息子の中学校時代の友人のアダ名

*2　妻の生まれた福岡では「クエ」を「アラ」という

*3　説明するまでもなく、粗（アラ）つまり欠点

（その3）

長浜市介護予防事業「運動器の機能向上トレーニング教室」に参加している母。

母：「きょうなぁ、ピューとした線の上を何歩でいけるか、ていうのをやらったんやわ」

私等：「ふんふん」

母：「背ぇの高い若い（注：と言っても70代）人らは、ほれこそポンポンポンと5歩くらいで行か〜るわな」

妻：「お母さんは、どうするんですか？」

母：「私か？　私は『ようし』と構えて、イカイ声出して、『いっち、に〜、さん、し〜、ごっは〜ん』って言うたったんや。みんな、大笑いやったわ」

2010/3/14

（その1）

東京に居る娘が妻のところにメールをしてきたとかで、

妻：「奈南子が、『夢におばあちゃんが出てきて、【就活頑張れ！】って言われたら、ちょっとやる気が出てきた』ってメールを打ってきましたわ」

母：「ほうか、やっぱ『オムレツ食べに行く仲間』やでな。けどな、頑張りすぎて体こわさんようにて言うといてな」

妻：「また、夢に出てそう言ってあげてくださいな」
母：「ほんな、たびたびお邪魔はできんなァ」

もはや生き仏の境地？

（その２）
バンクーバー冬季五輪、フィギュアスケートエキシビションを見ていて、

母：「何や、この女の人背中ハダカかいな」
私：「ほうかな、これ普通やんか」
母：「いや〜、これ前後ろ反対向きやで、きっとぉ〜」
妻：「お母さん、ほんなもん反対に着たら、おへそまで丸出しですがな」
母：「前のことは知らん」

いらんこと気にせんと、ちゃんと演技見んかい！

2010/4/25
今回は食卓というより、座敷兼居間兼仕事場にて……。

（その１）
仏壇の前に供えてあるフルーツの箱を指差して、

母：「ほれなぁ、○○さんがくれやったんや、みかんみ
　　たいなやつ」
私：「みかんみたいなやつぅ？」
母：「ほれ、あの〜、カン」
私：「キンカン？」
母：「でなしに〜、ほれ〜、ポン」
私：「ポンカン？」
母：「や、ない、あの〜ほれ、ポコペン！」

結論、デコポン。

（その２）
TVをつけっ放しでうたたねしている母。
その部屋に入って、私がパソコン開いて画面を眺めていた時、母がふと目覚めてTVを見て。

母：「おまん、手芸の番組なんか見て毛糸でも編むんか
　　いな？」
私：「は〜ん？　TVなんか見てへんもん」
母：「……」
（ふっと気がついて）
母：「ああ、ほやほや。私が見てたんやがな、この番組」

2010/5/23

今回は、大阪の姉が帰ってきた時バージョン。

（その１）

姉が帰って来た日の晩に、妻と手作り餃子を共作。
豚バラのみじん切りとニラの具を皮に詰めて、焼いていると、

姉：「何か変わった音し〜ひん？」
妻：「あれ何か『ピヨピヨピヨピヨ』音しますね〜」
姉：「何やいな、あの豚肉、トリ肉やったんかいな」

なわけないやろ。

（その２）

姉：「お母ちゃん、丹波の黒豆煮たの買うてきたったで」
母：「おおきにな。これ、タヌキの居るとこやろ」
姉：「タヌキぃ？」
母：「あの、ほれ、♪丹波篠山（ささやま）タヌキがおってさ」
私：「それ、違うやろ」
姉：「違う、違う。♪あんたがたどこさ、肥後さ、肥後どこさ」
母：「♪熊本さ」
皆：「♪熊本どこさ、船場さ」

母：「♪丹波篠山タヌキがおってさ、やろ？」

タヌキが居るのは船場山です。

食卓にて　大阪にいる長姉と

2010/7/13

（その１）

ワールドカップ準決勝、オランダ対ウルグアイを録画で見ていた時。

母：「サッカーちゅうのは、頭でボーン、ボーンてしゃあるけど、あんだけ頭打つと頭悪うなるんやろな」
私：「まあ、良うはならんやろな」
母：「ほうか、いや～なスポーツやな」

私：「いや、頭悪くてもサッカー上手やったらええんちゃう」
母：「けど、やっぱ頭薄い人が多いなあ。見てみ、ほれ、この人も。また、この人も髪の毛あらへん。頭でボーン、ボーンとやるたびに髪の毛が抜けるんや」

まあ、オランダチーム、ロッベンとスナイデルが活躍してましたから。

（その２）
滋賀県知事選挙に勝利した嘉田さんがお孫さんを抱いて喜んでいる映像を見て。

息子：「え～?!　嘉田さんって孫がやあるんや～」
私：「まあ、60うん歳やったらおかしくないやろ、孫がいても」
妻：「でも、確か離婚されたんよね」
私：「まあ、離婚しても孫はできるやろ」
母：「ほんでも、こんな小さい赤ちゃんやで～」
私：「いや、孫なんやで小さくても関係ないやろ」

――私が産んだわけではありません（嘉田）

2010/8/1

（その１）

大阪の姉が帰って来た時、 TVでリーブ21のCMが流れる中、息子のインターハイの話になって、

姉：「いつから行くん？」

息子：「７月の終わりから」

姉：「へ～ぇ。私も行こかな～」

息子：「えっ！　伯母ちゃんも沖縄来るん？」

姉：「いや、リーブ21に」

そっちかい。

（その２）

奈良へ綾小路きみまろショーを見に行ってきた母に、

私：「どうやった、面白かったか？」

母：「なんや声がいかすぎて、私には何を言うてやあるか全然わからんかったわ」

私：「声が小さすぎてわからんのならともかく、声が大きすぎてわからんのぉ？」

母：「けど、だれかがビデオを買わって、それを帰りのバスの中で見せてもろたら、ようわかったわ。ほんで、生とビデオの組み合わせで私にしたら一人前や」

妻：「そうですか。ちょっと残念でしたね」
母：「ううん、ええんや。竹輪で笛吹か〜るのが面白かったさかい」

きみまろ、竹輪に敗れたり。

2010/8/23

（その１）
NHK朝ドラ「ゲゲゲの女房」、お茶を飲んでる場面で。

母：「この人ら、こんなにお茶ばっか飲んで、おしっこ行きとならんのやろか？」
妻：「お母さん、どうしてそんなこと考えるんですかぁ？」
私：「全然筋と関係ないやん」
母：「年寄るとな、気になるのっ」

ドラマの中で「おしっこしてこ〜」とかはないやろ。

（その２）
昼間来店した「夫婦とおぼしき」男女客に関する話になって、

母：「今日私がおしゃべりしてた二人連れ、すごいきれいな女の人やったやろ」
妻：「そうですねえ。随分年が離れているご夫婦でしたね」
母：「ほう見えるやろ。ほんで、私『えらい若うてきれいな奥さんですなぁ』て言うたんや」
妻：「ふんふん、ほんなら？」
母：「『いや妻は亡くなりました。この人は旅行についてきてくれる女性です』やて」
妻：「あらま、彼女ですかぁ」
母：「ほんでな、私『ほら、ネコとイヌの旅行ですな』て言うたった」
妻：「どういうことですか？」
母：「ニヤニヤワンワン、似やわん、ちゅうこっちゃ」

2010/9/21

孫（私の娘）が帰省すると、昼御飯にオムレツをご馳走してくれることが恒例になっている母。

母：「あそこはな、あの子が初めてバイトしたとこやさかいな、そういう縁は大事にせんとあかんのや」

てことで、今回はたまたま敬老の日。娘と母がでかけるのを見て、うちの事務員さん、
事：「へ〜、今日は敬老の日やで、ななちゃん、おばあ

ちゃんにごちそうしたるんか？」
母：「へへっ、どっちがごちそうするんやろなあ」
娘：「いいですよぉ、ごちそういたしますよ〜」
母：「ハッハッハ、ホンマかいな？」
娘：「うん、この前おばあちゃんにもらったおこづかいでな」

ちゃっかりは血筋か？

2010/11/23

もう1年ほど前のこと、仕入先の部長が来店され、母を見て、

部長：「お母さん、相変わらず元気ですなあ。うちの母なんかもうボケてきましてね、この間マスクして会いに行ったら、私のこと誰やわかりませんねん」
私：「お母さん、おいくつですか？」
部長：「え〜っと、イノシシですから大正12年生まれですわ」
母：「私と同い年ですがな！」
部長：「へ〜っ、全然違いますなあ」
母：「けどね、最近イノシシは、ほれ悪いことしてますやろ。畑荒らして作物食べてもたり嫌われもんですがな」

部長：「いや、そんなことは……」
母：「でもね、あの肉何て言うんですか、そうそうボタンて言いますんか、あれは何かおいしいらしいですで……」
部長：「？？？？」

すっかりイノシシになっている母であった。

さて、おかげさまでうちの母は本日元気に誕生日を迎えました。昨日右の瞼に赤い発疹ができたと言っておりましたが、エスパーシール貼って菅総理みたいな顔になって笑わせておりましたので、大丈夫でしょう、多分。

2010/12/6

（その１）
「龍馬伝」の最終回。じっくり見たいと晩御飯を食べて自室に戻る母。そして……。

妻：「お母さん、龍馬の最終回いかがでしたぁ？」
母：「ほれがよ、おかしいんや。１チャンネルつけても違う番組やってるんよ。いつまで待っても龍馬が始まらんかったんや」
妻：「えっ、でも龍馬伝、１チャンネルですよ」
母：「ほうかいな。何や知らんけど違たの！」

私：「ほんで何の番組やったん？」
母：「通信販売」
妻：「チャンネル変えようとしなかったんですか？」
私：「寝てたんちゃう？」
母：「いや寝てへん。服を売ってやったのをじっと見てた」
私：「おもろかったんか？」
母：「ほやな」

福山より服山？

（その２）
昨晩のNHKドラマ「坂の上の雲」で、ロシア駐在武官の広瀬武夫と恋人のアリアズナの別れの場面で、

アリアズナ：『必ず手紙を頂戴。毎日待っているわ』
母：「ほんな、毎日待たれてもなぁ〜」
アリアズナ：『いつか私も日本の地に立つことが出来るかしら？』
広瀬：『運命が許せば……』
母：「あ、ほら許されんわ」
妻：「もう、お母さん、茶々を入れないで下さい！」

広瀬武夫は母の時代の英雄で、「広瀬中佐」という歌（文部省唱歌）を教えていただきました。

2010/12/28

（その１）

クリスマス・イブにフライドチキンを食べる私以外（私はトリが嫌い）の家族達。

母：「あかん、もうこれ以上食べれんわ」
妻：「これ以上ってあとどこ食べるんですか？」
（差し出して見せる母）
妻：「それ、骨ですがな」
母：「骨までしゃぶったろか、思て……」

（その２）

冬至の日のこと。

妻：「今年はゆずが高いらしいですね」
母：「ほうか、ほんならちょっとだけにしとこか、ゆず風呂は」
（と、言いながらも）
妻：「お母さん、随分たくさん買ってきましたね～」
母：「もうなあ、いつ最後のゆず風呂になるかもわからん齢やしなあ。やっぱり、いっぱ～いのゆず風呂に入りたかったの～」
妻：「そんなたくさんのゆず風呂に入ったらますます元気になって、まだまだ……」

まだまだ、終末の食卓にはなりませんよ〜。今後ともよろしくお願いいたします。

2011年

2011/1/9　年末年始編

（その１）

大みそか。紅白歌合戦でバックダンサーつきの歌手が歌っている時に、

母：「おい、この後ろで踊ってや〜る人は誰が雇ってや〜るんやいな？　歌手か？　NHKか？」
私：「知ら〜ん」
娘：「ていうか、ほんなこと知ってる人だれもいんやろ」
母：「いや、おまんら歌のこと詳しいがな」
妻：「ていうか、歌と全然関係ないじゃないですかぁ」

とにかく、本筋以外のことがやたら気になるんです。

（その２）

お節料理のお重に入った黒豆を食べながら、

母：「あ〜、やっぱりプロが炊いた黒豆はおいしいなあ。なかなかこうやってふっくらとつやのええ黒豆は炊けんのや。私らでは無理や。これどこのやいな？」

娘：「ほうなん、ほんなおいしいんか？」
母：「違うな〜、やっぱり」
娘：「お母さん、おばあちゃんがこの黒豆すごいおいしいけど、どこのやつやて言うてやあるで」
妻：「えっ？　それお母さんが炊いて下さったやつじゃないですかぁ」
母：「？？？」

黒豆だけはホント上手に炊か〜ります。

家族全員での正月の食卓

2011/2/14

少し前、大学生の娘が帰省した時のこと。

（その1）

お好み焼きが好きな母。でもソースをかける時、近づけすぎで注ぎ口がお好み焼きに付きそうになるのが気になる。

私：「あ〜〜っ！　お好み焼きにソースの口がつくがなあ！」

母：「ごめんごめん。つけんとこと思てもついついちゃうのぉ」

娘：「ついてまうんやもんなあ」

母：「そうそう、ついてまうんやもんなあ」

二人：「そやもんな〜」

（と、妙に意気投合の二人）

妻：「あんた、そんな風におばあちゃんの機嫌取って、またお小遣いもらおっちゅう、魂胆やな」

（その2）

娘が帰省した時は、息子と二人で牛乳の消費量が倍増。

妻：「もぉ〜っ！　あんたらもう飲んでもたんかぁ。何本あっても足らんがな」
私：「いっそのこと牛飼うた方がええんちゃう」
娘：「ほやなぁ」
妻：「奈南子、あんた牛に成り！」
娘：「いや、乳は出んわ」

（肉なら……）

2011/3/20

晩御飯のテーブルにつく前に、私め、ちょっとプスっとガス漏れが。

妻：「だれや～？」
私：「……」

すると、またもや「プスッ、プシュッ」という音が。

妻：「何発するんや～？」

ふと前を見ると、母が無くなりかけのマヨネーズを一生懸命絞っていた。

＊大災害に見舞われ避難生活を強いられている被災者の皆さん、命を賭して原発事故という怪物と闘って下さっ

ている方々、全ての人が一日も早く平和な週末の食卓を取り戻せることを切に祈ります。

2011/4/24

（その１）

母と座敷でしゃべっていた時、ダイニングの方から「あ、あ、あ〜〜〜っ！」という妻の悲鳴が。

母：「何や？　おい、倒れてや〜るかもしれんで見に行かなあかんで」

私：「ほんまやな、何やろな」

（と、見に行くと、テレビを見ている妻）

私：「どうしたんや？　倒れてるんちゃうかと思たで」

妻：「違う、違う、もうちょっとでパットが入るところやったのにぃ」

倒れてるのはパットが入らなかった石川遼君だった。

（その２）

夕方、スイミングに行こうとする私を見て、

母：「おまん、どっか出るんか？」

私：「うん」

母：「あれか？」

私：「あれや」
母：「あの、あれやな」
私：「うん、ほの、ほれや」
母：「あの、ほれ、何やったけ？」
私：「さあ、何やったかな～」
母：「うぅ～、フィッシング！」

確かに、お魚のように泳ぎたいわん。

2011/5/16

（その１）
昨日の法事の後の会食の席で。

母：「あれ？　おかしいな、どこやったやろ」
（と、ハンドバッグを開いて何かをしきりに探す母）

私：「どうしたん？　何か無くなったんか？」
母：「ないなぁ、やっぱり」

すると、隣に座っていた親戚のおばさん、
「あのぉ、それ私のバッグなんやけど……」

亡父隆次二十三回忌法要にて

（その２）

民主党の細野首相補佐官が「報道ステーション」に出ていた時に、

母：「ほぉ〜、この人はしっかりした人やなあ。こんな人今まで隠してやったんか？」

私：「いや、結構出てるでぇ」

母：「ほうか、知らんかったなぁ。古館と対等にやりお〜てやあるがな。男前やし〜」

私：「こいつ、山本モナと路上キスしたやつよ」

母：「何や？　山本？」

私：「モナ」
母：「リザ？」

永遠の笑いをお願いします。細野さん、近江八幡育ちで、彦根東高卒よ。

（その３）
「踊る！さんま御殿!!」を見ていた時のこと。

女性パネラー：『1秒間に3回もむとオッパイがふわふわになるんですよ』
（寝転んでテレビ見ていた母、突然起き出し）
母：「なになに？」
（見本にあわせてマッサージしてる。ふと我に返って）
母：「88にもなったばあさんが、こんなことしてもあかんわな」

2011/6/26

（その１）
ちょうど晩ご飯の時間に娘から電話があって応対する妻。

私：「（急にもよおして）ふぁっっっっっくしゅぉ〜〜〜んぃっっっ！！！」
妻：「（娘に）今の誰やわかるぅ？」

娘：「（○○○○○やろ）」
妻：「やっぱり、わかるかぁ」
私：「（またもよおして）ひやっっっっぷしょいやぁ〜〜
〜〜っ！！！」
母：「（大声で）私とちゃうでぇえ〜〜〜〜！」

私のくしゃみは母譲り。

（その２）
先日のやたら暑い日に、

母：「あぁ、お墓の草むしりに行かなあかん」
私：「何でこんなクソ暑い日に行かなあかんのよ」
母：「何でて、みんなお盆前にはお墓の草取りしゃ〜るがな」
私：「あのぉ〜、お盆ってまだ２ヶ月も先なんですけどぉ。今草取ってもまた生えてくるがな」
母：「私の命がないんや！」

今年の夏は暑そうですね。そうならないことを祈ってます。

2011/7/18

（その１）

毎朝、大通寺のお朝事（勤行）に通っている母ですが、

母：「夏中さん（法要）の間は、朝5時からやで、どうしょうなあ。起きられへんかもしれんし」

私：「夏中ん時は、昼間の講座とかもあるんちゃうん？」

母：「ほうやぁ、あるんやぁ」

私：「ほんなら、朝行くのやめて、昼間に参ったらええやん」

妻：「そうですよ。わざわざ5時に起きなくても」

母：「ちょっと待ちない！　まだ私の心が整わん」

（しばらくして）

母：「ととのいましたぁ！」

って、ねづっちか？

（その２）

瓶詰めの佃煮（しめじとかつお）を２つ持って来て、

母：「おい、これ10年以上前のやつなんやけどあかんやろか？」

私：「え～！　10年前ぇ～？　さすがにあかんやろ」

母：「あくか、あかんか、ちょっと見てみてよぉ」

（フィルムをはがして、恐る恐るふたを開けると）
プシュ～～ッ！！！！

私：「おう、やっぱ腐ったるんちゃうか」
（と言いつつ、裏面の賞味期限を見ると）
私：「あのぉ～、 2012年10月って、まだ来てないんですけど……」
母：「なにぃ！　平成12年とちゃうんかいな」

2011/8/7

（その１）
台風6号が来た日。

母：「今日の相撲（名古屋場所）はさすがにお客さん少なかったな」
私：「ほら、台風やもん」
（TVで流れる野球中継を見て）
母：「これはどこや？」
私：「新潟」
母：「ようけのお客さんやなあ。これでは相撲に行く人が減るはずや」

名古屋と新潟は無関係だと思いますけど。

（その２）
高校野球滋賀県予選で近江兄弟社の投手が完全試合を果たしたという記事を見て。

私：「へ〜、すごいなあ〜。完全試合しょったんやぁ〜」
母：「何！　誰が感電死しょったてぇ!?」

そのボケ、パーフェクトですわ。

（その３）
お隣のＨさんところのゴーヤカーテンを見て。

観光客：「わ〜、すごい、ゴーヤがなってるぅ〜」
母：「おかしいな、今日は孫さん来てやんせんでぇ〜」
私：「何それ？　どういうこと？」
母：「いや、『坊やが泣いてるぅ〜』て」

最近、耳まで天然。

2011/9/4
（その１）
世界陸上の女子棒高跳を見ていて、

妻：「私、これは一度でいいからやってみたいと思うわ、できるものなら」
私：「確かに！　けど、この人たち皆お尻小さいでぇ」
母：「くふふふふふふ（と忍び笑い）」
妻：「お母さん、何笑ってるんですか！　私の……」
母：「いや、おまんらが面白いことしゃべってるなと思て」
妻：「うそでしょ。私のお尻が大きいって言いたいんでしょ」
母：「ちがうちがう。私かてお尻いかいでぇ〜」
妻：「いやお母さんのお尻は大きくないですよ。腹はいかいけど（笑）」

（その２）
木曜日は母の大好きな「渡る世間は鬼ばかり」の日。

母：「さあさあ、今日は『鬼』の日や。部屋行って見よ見よ」
（翌朝）
母：「昨日、鬼なかったわ。ねむねむを我慢して起きてたのに、陸上（世界陸上）で中止やて」
私：「あ〜ん、同じチャンネルやったんやぁ」
（その日の夕方、夕刊を見ながら）
母：「おい、昨日無かったで今日に延期て書いてないか、鬼？」

お待たせいたしました。世界陸上も今日で終わります。

2011/10/1

（その１）

「渡る世間は鬼ばかり」、最終回の日。

私：「今日はいよいよ鬼の最終回やな」

母：「知ってるわいな、９時からやろ」

私：「いや、その前に7時から最終回直前スペシャルがあるらしい」

母：「何？　４時間かいなぁ。ほら、ご飯も食べてられんな」

（そして夕食の食卓）

私：「あれ、ご飯食べんのとちごたん？」

母：「いや、最初見てたら五月（ピン子）が姑にいじめられてばっかりの場面で、嫌になって逃げてきたの」

ピン子っていじめられるの？

（その２）

朝食の時に、母がテーブルの下を覗き込んで手を伸ばしているので、私：「どうしたん？」

母：「どうやら、何か落としたらしい」

私：「ええがな、ええがな、後で」

母：「いや、何とか取れそうな……」

妻：「何を落としたんですか？」

母：「多分、豆腐（みそ汁の）やと思う」

妻：「大丈夫、そのうち高野豆腐になりますで」

2011/10/17　血圧編

（その1）

かかりつけ医に血圧が高いことを相談したら、血圧計を買わされてしまった母。

母：「おい、ちょっと血圧測ってえな」

私：「今忙しいんや！　自分で測りないな」

母：「あ、ほんなこと言うんなら、先生に言うたろ」

私：「あ、♪せ〜んせいに言うた〜ろ」

母：「♪せ〜んせいに言うた〜ろ」

（その2）

血圧計で測り始めてから通常時より血圧が高いので、お医者さんに相談に行った母。

私：「先生どう言うてやった？」

母：「『血圧が200近くなった時、息子さんはどう言わはりましたか？』と聞かれて、『【爆発寸前やな】と言われました』て言うたら笑てやったわ」
妻：「大丈夫ですよ。別に痩せたわけでもないし」
母：「それが体重減ったんや」
私：「え？」
母：「今まで43kgあったんや」
妻：「ほんで、今は？」
母：「42.9kgしかない」

（その3）
妻：「でも、血圧が高いのも怖いですよねえ」
私：「けど、ぶちっと切れてコロッと往けたら楽かもよ」
母：「それがコロッと往けたらええけど、往けんかったら大変なんや」
妻：「ほんなら、救急車呼ばんときましょか？」
母：「？？？？？」
妻：「いや、一応聞いとかんと……」

2011/11/7

（その1）
先日、額を棚にぶつけてこぶができた母。以来、エスパーシールをずっと貼り続けている。

私：「まだ、治らんの？」
母：「まだもうちょっとあかんなぁ〜」
私：「ほんで、シールずっと貼りっぱなしか？」
母：「うん」
私：「それ取ったらどうなるん？」
（右手を患部に持っていくや否やパッと開いて）
母：「血が『どば〜っ！』と出てきたりしてぇ〜〜」

鰯の頭も信心から。エスパーシールもね。

（その２）
日曜日は事務員さんが休みなので、母と店番してた時に、

母：「あ、きらず揚げの試食用が残り少ないな」
私：「ほんま？　補充せなあかんな」
母：「あ、ほんでも私はぎょうさん入れてまうで、湿気るて怒られるな、また」
（と言いながら、小腹が空いたようで）
母：「ほんじゃあ、湿気る前に油甚の鳩さんがよばれますかな」
私：「油甚の鳩さん〜ン？」
母：「あぁ〜あ、何でこんなお腹が空くんやろ、今日は」
私：「ほら、店先でポッポ、ポッポ、ポッポ、ポッポ言うてたら腹減るわいな」

おかげさまで「マメ」で暮らしております。

2011/12/4

（その１）
妻が母に「お風呂どうぞ」と言いに行って戻ってくるなり、

妻：「お母さん、もうあかんわ」
私：「何？　入らんてか」
妻：「う～うん、『もう自分で沸かして入りました』って」

そんなはずはなかろ。どこの風呂ですか？

（その２）
時々、おならをする母。

母：「（ブ！）あ、ごめん」
私：「うわ、くっさ！　お腹腐ったるんちゃう！」
母：「ふふふふふ、私のお腹には悪魔が住んでいる」

え、くそしすと？

（その３）
今日は寒いので鍋料理。母用に豆乳を入れてマイルドキムチ鍋。

母：「あっ、しもたぁ～」
妻：「どうしたんですか？」
母：「箸１本、落としてもたぁ～」

（とテーブルの下にもぐって取ろうとすると）
妻：「あぁダメダメ。また頭打つで～」
母：「ほんでも、まだご飯残ったるもん」
妻：「手でつまんで食べて下さい」
母：「ふぁっはっはっは」

と笑いつつ、残りの箸１本でご飯を掻きこむ母であった。

2011/12/31
（その１）
私の誕生日の夜の食卓。

母：「お～っ！　よい匂いがしてくると思たら、コロッケですかァ～」
私：「手作りやでぇ」
母：「ほぉ～、お手間入りやなぁ～」

妻：「惠行さん（私）の誕生日ですがな、今日は」
（私に向かって）
母：「ほうかぁ、ほらこんな寒い慌ただしい時に生まれて大変でしたなぁ、あんさんも」
私：「誰が？」
妻：「大変やったのはお母さんでしょう？」

（その２）
金正日死去の報道番組を見ながら、

母：「あ〜あ、この人も名前がちゃんと覚わらんうちに死んでまったわ」
私：「え゛〜〜っ！　名前知らんのぉ〜？」
母：「キムぅ〜」
私：「キム？」
母：「ジョン」
私：「ジョン？」
母：「ウル！」

売ったらあきませんがな。

（その３）
年末に神棚の掃除をしながら、

私：「しかし、うちの神棚は神さんだらけやな。いろんな神さんが入ってやある。何でこんな多いんやろ」
母：「お前が守ったれぇ、いやお前が守ったれぇ〜、て押し付け合いしてやあるんやがな」
私：「は〜？　ほんで？」
母：「ほんで、あっちこっち、ちぐはぐなことが起きるわけ」

妙に納得。

てことで、色々ちぐはぐなこともございましたが、今年も一年何とか無事過ごせましたことに感謝申し上げます。来年もよろしくお願い申し上げます。よいお年を。

2012年

2012/1/1

（その１）

元日の夕方、近くに住む姉と姪が二人で年頭にやって来た時。

母：「おい、おまんら、晩御飯はどうするんや？」
姉：「これから帰って作るんやで～」
母：「ほうか、ほら大変やな」
姉：「いや、ほんな大したもんせえへんし」
母：「何やったらうちで食べてくか？　私の分はいらんのやさかい」
姉：「何言うてるんよ。私らここで食べてったら、うちの家族はどうするんよ？」
母：「あ、そうかぁ」

娘はいつまでたっても娘か。

（その２）

さらに、その時、

母：「おい、このみかんおいしいでぇ。食べてみ」
姉：「(遠慮がちに) いや、いいわ」
母：「何で、遠慮するんよぉ」
姉：「いや、してないけど」
母：「おまん、親元で遠慮してたら、いったいどこで遠慮するんよ？」

よく読むと、意味不明。

（その３）
さらに、夕食食べ終わった時、

母：「あ〜ぁ、いっぱいよばれたな。もう食べられん」
妻：「お母さん、アイスクリームありますけど」
母：「ほれは別腹やな」
（一口食べて）
母：「あ〜〜、やっぱり美味しいな、ハーゲ……何とかは」
娘：「ハーゲぇ〜？」
母：「何や？　ハーゲンか？」
皆：「ハーゲン？」
母：「ダッシュ！」

辰年でも猪突猛進。

2012/2/5

（その１）

中村玉緒が出るマロニーのCMが出てきて、

妻：「あ、ほらほら、お母さんの好きなマロニーのコマーシャル」

母：「そうそう、私は好きですよ、♪マロニー～ちゃん」

（一人の食卓で鍋をする玉緒を見て）

母：「何で、一人で食べるんやろな？　寂しいのになあ」

妻：「そうですね～」

母：「そうか、二人で出ると出演料半分になってまうもんな」

そっちの心配かい。

（その２）

寒がりの母は油断をすると、すぐファンヒーターの前に座り込んでいる。

私：「あ、また座り込んでる」

母：「ああ、極楽、極楽」

私：「ほんなとこにじっとしてるとほんまに動けんようになるで」

母：「ほんでも、こんな快適なとこあろか。もうストーブの前ほど素晴らしい場所はない。どんな立派な御殿もこの快適さにはかなわない」

灯油のCMに使いたし。

（その3）
歯が痛くて、物が食べられないと言って歯医者に行った母。

私：「どうやった？　痛いの治ったんか？」
母：「治ったみたいやな、おかげさんで」
私：「治るの、早っ！」
母：「何や知らんけど、奥歯の根元やらにぎっちりとポリグリップが固まって、ほれが痛かったらしいわ」
私：「ほ〜ん」
母：「先生がこれ見てみ、て鏡見せてくれやあったんやけど」
私：「すごかった？」
母：「いや、その前に『何やこのくしゃくしゃの顔は〜！』よ」

2012/2/19
（その1）
大雪が降って、夜中にとてつもなく積もった日の朝。

妻：「あれ～、お母さん起きてきゃあれんなあ。寒くて起きられんのかな？」
私：「雪に埋もれてるんかも」
妻：「ちょっと見てきて」
（その瞬間、ガチャっと戸が開いて）
母：「おはようございます」
私：「雪に埋もれてるんかと心配したがな」
母：「アホかいな。こんな日に死んだら大変やがな」
私：「なんで？」
母：「葬式もできんがな、雪で」
私：「大丈夫。腐らんように雪の中にしばらく置いとくで」

（その２）
大雪の後の日曜日にスタンドに出勤していた時に、家にいる母から電話があって、

母：「おい、家の前にな、あの～ほれ、ウィンドブレーカーが落ちたったんやけど、あれうちのとちゃうやろな？」
私：「ウィンドブレーカー？」
母：「おん、ウィンドブレーカーて言うんとちゃうんか？　あれ」
私：「え？　上に着るやつか？」

母：「着るやつぅ？　ほれ、車のガラスに付いたるやつ
　　やがな。ほれ雨とか降ってきた時に動くの」

屋根から落ちた雪で、はずれた後ろのワイパーのことだった。

（その3）
雪の続く寒い日に、途中まで飲んだ赤ワインを予備の冷蔵庫に取りに行って、

私：「わぁ〜、これ冷えすぎやぁ〜」
妻：「あ、あっちの冷蔵庫ちょっと冷えすぎるのよ」
私：「いや、どっちにせよ、こんな寒い時は冷蔵庫入れ
　　んほうがええな」
母：「お湯さしたらあかんのかいな？」
一同：「？？？？？」

お湯は差したらあかんワイン。

2012/3/4
（その1）
滋賀夕刊を見ながら。

母：「『寝て起きて食って働く繰り返しチョコも祭もアク

セント』かぁ」
私：「何それ？」
母：「押谷さん（主筆）の作らった短歌やがな。私と一緒や」
「いや違う。私は働いてへんな」
私：「おん、ほれで」
母：「寝て起きて食ってテレビの繰り返しチョコと祭に縁はなし」

なるほど、それは言える。

（その２）
夕食の豚肉を残す母を見て。

妻：「あ〜、やっぱりちょっと硬かったかぁ〜、豚肉」
母：「いや、ちょっと歯の調子が最近ようないんや」
妻：「歯医者さん行かなあきませんねぇ」
母：「うん、二日にいっぺん行かんならんのや」
妻：「え〜っ！　二日に1回も行かなあかんのですかぁ〜？」
母：「いやいや、来月の２日にいっぺん行くの！」

そんなに来られちゃ歯医者も迷惑。

2012/4/18

（その１）

最近、 ZTVの地元放送に凝っている母。

母：「ロイヤルホテルが大改装しゃあったらしいな」

私：「あ〜ん、なんか豆新聞に書いたったなあ」

母：「すごいらしいで」

私：「何が？」

母：「2階、 3階、 13階に食堂があるらしい」

私：「食堂〜ぉ？」

そんなホテルにはちょっと行きたくない。

（その２）

北朝鮮が衛星（ミサイル）を打ち上げた日。

妻：「7時40分に発射したそうですよ」

母：「ほうか、ほうすると昼ごろには着くんか？」

いや、電車じゃあるまいし。

（その３）

曳山祭に帰省していた娘が、

娘：「うち、揚げ物ってしたことないんやけど、油ってどうやって捨てるん？」
妻：「あのな、牛乳パックに新聞詰めて、じゃ〜って」
娘：「新聞とってないから、ないもん」
妻：「あ、そうか」
母：「破れぼっこのシャツでもええんやで」
私：「破れぼっこのシャツはようけあるやろ」
娘：「あるな」
母：「パンツでもええんやで」

そこまでせんでよろし！

2012/5/24
金環蝕の日。朝8時頃、大通寺の朝参りから帰ってきた母に、

妻：「お母さん、金環日食見ました？」
母：「うん、何か木漏れ日から男の人のズボンにいっぱい映ったったのをみんな見てやったで、私も何や何やて」
妻：「私らは干し場からサングラスに黒いビニールの袋重ねて見ましたわ」

（という話をしていたのにもかかわらず、9時頃になって）

母：「おい、どうやいな、これ、どんどん空が明るくなっていくがな」
私：「どうやいな、ってどういうことよ？」
母：「何で〜な、今日は日食と違うんかいな？」
私：「あのぉ、もう終わったんですけど……」

やっぱり、真っ暗にならないと実感わきませんわな。

2012/6/10

テレビで女子バレーをやってるのを見ていて、

母：「バレーでオリンピックに出るなんて私らの頃は考えられんかったなあ」
妻：「私らの頃は、バレーでオリンピックに出られないなんて考えられんかったな」
私：「そうそう、メダルが当たり前」
母：「何にしても日本がメダル取るなんて考えられんかったし、そうそう、前畑の時は覚えてるわ。前畑ぁ、前畑ぁて」
私：「あ〜ん、『前畑ガンバレ！　前畑ガンバレ！　前畑ガンバレ』ね」
母：「違う違う。もっと上手に言わったわ」

そりゃ、失礼いたしました。

2012/6/24

（その１）

うちの母はしゅうまいが好物。やわらかいからね。

母：「あぁ、美味しかったなあ」
妻：「(3つ残っているのを指さして）お母さん、まだ食べます？」
母：「も〜ぉ結構。十分によばれました」
妻：「でも恵行さん（私）食べないって言ってますよ」
母：「何で？　こんな美味しいもん」
私：「いらんわ」
妻：「美味しいと思う方が召し上がればいいじゃないですか」
母：「限度というものがありますぅ」
妻：「そうですよね、さすがに3つも4つも食べたら」
母：「うん、おいしいなぁ〜（笑)」

多いって言うんかと思ったら、もっといけるんかい！

（その２）

先日、ブログ仲間のminoriさんとおかめちゃんが立ち寄って下さった時。

母：「(おかめちゃんを指して）こちらさんはどなたさん？」

minoriさん：「長治庵さん」
私：「ほれ、杉野の」
母：「お寺さん？」
minoriさん：「お寺と違う。旅館のおかみさん。それはそうと、おばあちゃん何か若くなったな」
母：「ほうか、変わらへんでぇ」
minoriさん：「いや、頭もしゅっとして若返ったみたいやわ」
母：「おかしいな、この間転んだだけやけど」
minoriさん：「転んで若返ったんかいな」
母：「ほやな、古い血がびゃ〜って出てもたんかもな」

2012/7/8

（その1）

7月の月参りの日の朝、妻と母が仏間の掃除。隣の部屋にぽつんと置かれた石油ファンヒーター。

私：「あれ？　もう片付けてええんか、ストーブ？」
妻：「当たり前やん。何言うてるのぉ、もう7月ょ」
私：「けど、昨日若干一名、ストーブ焚いてやった人やあるで」
妻：「うっそぉ〜！　網戸にして風がスースー通ったるのにか？」
私：「いや部屋は閉めきってあった」

母：「（口に手を当て）あら、見られちゃったのね〜」

minoriさん、お宅のおばあさんだけとちゃいますわ。

（その２）
テレビで、近江八幡の洋菓子店クラブハリエが紹介されているのを見て。

母：「何で、バームクーヘンに魚やぁ？」
私：「？？？？？」
母：「ハリエて魚の名前やろ〜？」
私：「それはハリヨでしょ」

ハリエ（harie）って、てっきりフランス語か何かだと思っていたら、どうやらたねや社長夫人の名前らしい（噂）。てことは、クラブハリヨの可能性もあったか。

2012/7/25

（その１）
今月の中頃、巨人対広島をTVで見ていて、

母：「これは名古屋ではないわなぁ〜」
妻：「何でですか？」
母：「だって今大相撲名古屋でやってるやろ？」

私：「野球と相撲は関係ないんですけど」
母：「ほうかぁ。ひょっとして、この赤いの着てる方は
　　彦根とは違うわなぁ？」
私：「彦根ぇ～？」
母：「だって赤備えやろ」

Hikone と Hiroshima　似てなくもない。

（その2）
名古屋の叔父（母の弟）から嵩高い箱で中元が送られてきた。

母：「何や、これ？」
私：「名古屋の叔父さんからみたいやで」
（箱を持ち上げて）
母：「この嵩と重さからしたら、こら古着やな。しかし、
　　いくらなんでも、あの男の古着は私も着られんわ」
私：「え？　お中元やろ」
母：「いや、私の弟やで、何をしでかすかわからん」

中を開けると箱入りのえびせんで、スペースの半分以上はクッションの紙だった。

2012/8/5

ロンドン五輪、柔道を見ているときの食卓。

（その1）

母：「あ〜ぁ、この人らも大変やな。暑うてかなんやろな、こんなごっつい服着てせんならんで」

妻：「そんな、暑さなんて感じてる暇ありませんよ」

母：「ほうか、ほんでもこの人ら（選手）の近所の人らも大変やろな」

私：「何で？」

母：「ほら近所の人がオリンピック出てたら、いやでも応援せなあかんがな」

（その2）

母：「ほんで、さっきの男と女の試合はどっちが勝ったんや？」

妻：「男と女はやりません。男は男、女は女です」

母：「ほぉ〜ん」

（そして次の日）

母：「何やいな、今は男と女が試合するんか？」

私：「また言うてる。だから、男と女はせえへんて」

母：「女ぁ〜？　これが女か!?」

（画面を見ると、そこには化粧を落として日焼けした
　和田アキ子のような外国人選手が居た）
妻、私：「お、お、男やぁ〜〜〜！！！」

（その３）
観客席の篠原監督がズームアップされると、

母：「この人は誰や？」
私：「篠原さん。柔道の監督やがな」
母：「日本人か？」
妻：「日本人に見えませんか？」
母：「日本人には長すぎるなぁ」
私：「何が？」
母：「顔が」

指導！！！

2012/8/23
先日、私が買ってきた扇風機に対して、

母：「この扇風機、ちっとも涼しないなぁ」
私：「え、どういうこと？」
母：「なんか、風が生ぬるいがな。やっぱ安モンはあか
　　んなぁ」

私：「え、値段関係あるん？」
母：「ほら、あるやろ。安いと頑張って回りよぉらんのちゃうか」

これ、そんな安モンちゃうし。しかも室温が高いだけやし。

2012/9/26

孫（私の娘）から携帯電話をプレゼントされた母。

母：「せっかくやけど、ちっとも使い方覚わらんがな」
私：「覚える気ないんやろ」
母：「ほやなぁ」
（TVで、一日の半分くらい携帯やスマホを触っている若者の話が出て）
母：「ほ〜か、ほんなに触ってんと使い方はやっぱ覚わらんのやな」

なるほど、そういう風に解釈するかぁ。

2012/10/15

（その１）
食卓上のティッシュが切れたので新しいやつの封を切る。

母：「ほほぉ〜、今度のティッシュは柔らかいなぁ」
私：「お、高級ティッシュか。もらいもんかな」
妻：「多分。私そんな高いの買わないもん」
母：「なんやこれで台拭くのもったいなあ」
妻：「お鼻をかむ用ですわ、これ」
母：「ほうか、ほんなら使えんなぁ」
私：「いや、まず鼻をかんでから台拭いたらええがな」
母：「おぉ、ほやな！」
妻：「や、やめて下さい！」

（その２）
先日、母がminoriさんたちとピザを食べに行った日のこと。

母：「あの子らな、あの後ロマンビール行く言うてやんたで」
私：「ほんま〜？　ビール飲みに行かんたんやろか？」
母：「ビール？　あそこ、ビールも出さあるんか？」
私：「ほら、ロマンビールやもん、地ビールがあるがな」
母：「えぇ〜っ？　西島先生とこの店（アロマショップ）やでぇ」
私：「あ〜ぁん、オレンジピールかぁ」
母：「ほやほや、オレンジビールや。オレンジのビールってあるんか？」

私：「あのね、**ビ**ールでなくて、**ピ**ール！」

2012/11/7

（その１）

プロ野球日本シリーズ、巨人対日本ハム第４戦。

母：「私は野球は全然わからんでな」
私：「うん、ほやな」
母：「この中で、私がわかるのはダルビッシュだけや」
妻：「ダルビッシュはおりまへん！」

でも、母が間違えていたのは、その試合に先発した日ハムの中村投手だった。確かに似ている。以前ダルビッシュをビルダッチと呼んでいたことを思えば格段の進歩。

（その２）

「余ったのでよろしければ」と戴いた幕の内弁当二つ。おかずとご飯が別々になっていて、色とりどりのご馳走。早速晩御飯に。

妻：「お母さん、柔らかいもの良かったら二つ分食べてくださいよ」
母：「おおきに」
妻：「何がいいですか？」

母：「ほやなぁ、卵焼きもらおかなぁ」
私：「えぇ〜っ！　それ食べたかったのにぃ」
母：「あ、すまんすまん、ほな返そ」
妻：「お母さん冗談ですよ。惠行さん（私）は甘い卵焼きはあまり好きじゃないですから」
母：「(一口食べて）おいしい！　食べたかった人には申し訳ないけど、これは美味しい〜〜わ」
私：「(手を出して）返せっ！」
母：「いやだ！（と二個目もパクリ)」

（その３）
血の巡りが悪くなるのか、年々寒がりになっていく母。

母：「あ〜、寒てかなんわぁ」
私：「え〜っ！　今日はまだ暖かい方やで」
母：「ほうかいな」
私：「それではほんまの冬が来たら乗り切れんでぇ」
母：「ほうか、ほんなら冬の間だけ死んどこか。食べもんもストーブも要らんし」

確かに考えてみると冬眠というのは合理的ではある。

2012/12/13

先月、甥（母の孫）の好平君がデュアスロンのアジア大会でフィリピンに。

母：「好ちゃんなぁ、成績の方はまあまあやったらしいけど、まだ家に帰ってこんのや言うて、さっき比左子（姉）が電話で心配してやんたわ」
私：「ほうか、ほんなら『もう帰ってきゃんたか？』て、もっぺん電話して尋ねてみたら」
母：「いや、子どもじゃあるまいし、一人前の男なんやでほんなに心配してたら恥ずかしいがな」
私：「ええがな、尋ねる方が半人前の婆さんなんやで」
母：「ほれもほやな」

甥は無事帰って参りました。来年はコロンビアで世界選手権やと。南米か！

2012/12/30

（その１）
私の誕生日の日の晩御飯。

母：「おぉ〜っ、今日はごっつぉうやなぁ〜。何でや〜？」
私：「さぁ、何ででしょうねぇ〜」

（しばらく考えて）
母：「あ〜〜〜〜ん、そうかぁ。冬至かぁ、今日は」

郵便はがき

料金受取人払郵便

新宿局承認

7553

差出有効期間
2024年1月
31日まで
(切手不要)

1 6 0-8 7 9 1

141

東京都新宿区新宿1－10－1

(株)文芸社

愛読者カード係 行

ふりがな お名前		明治 大正 昭和 平成 年生 歳	
ふりがな ご住所	□□□-□□□□	性別 男・女	
お電話 番号	(書籍ご注文の際に必要です)	ご職業	
E-mail			
ご購読雑誌(複数可)		ご購読新聞 新聞	

最近読んでおもしろかった本や今後、とりあげてほしいテーマをお教えください。

ご自分の研究成果や経験、お考え等を出版してみたいというお気持ちはありますか。

ある　　ない　　内容・テーマ(　　　　　　　　　　)

現在完成した作品をお持ちですか。

ある　　ない　　ジャンル・原稿量(　　　　　　　　　　)

書　名				
お買上 書　店	都道 府県　　　　市区 郡	書店名	書店	
		ご購入日	年　　月　　日	

本書をどこでお知りになりましたか?

1.書店店頭　2.知人にすすめられて　3.インターネット(サイト名　　　　　)

4.DMハガキ　5.広告、記事を見て(新聞、雑誌名　　　　　)

上の質問に関連して、ご購入の決め手となったのは?

1.タイトル　2.著者　3.内容　4.カバーデザイン　5.帯

その他ご自由にお書きください。

(　　　　　　　　　　)

本書についてのご意見、ご感想をお聞かせください。

①内容について

②カバー、タイトル、帯について

弊社Webサイトからもご意見、ご感想をお寄せいただけます。

ご協力ありがとうございました。

※お寄せいただいたご意見、ご感想は新聞広告等で匿名にて使わせていただくことがあります。

※お客様の個人情報は、小社からの連絡のみに使用します。社外に提供することは一切ありません。

■書籍のご注文は、お近くの書店または、ブックサービス(フリーダイヤル0120-29-9625)、セブンネットショッピング(http://7net.omni7.jp/)にお申し込み下さい。

まあ、そうなんですけど。

（その２）

朝、ブログの更新してたら、母が自分の部屋から出てきた。

私：「おはよう」

母：「おはよう。（プ〜〜〜っ）」

私：「おいおい、朝からいきなりプ〜かよ」

母：「ごめん、ごめん。（プ〜っ）」

私：「またかよ」

母：「生きてる証拠やな。（プ〜〜っ）」

とりあえず生きております。

2013年

2013/2/11

（その１）

節分の日、妻が太巻きを何本か買ってきて、

私：「うゎ〜っ、こりゃいくら何でも多すぎちゃうか」
母：「いや、ほんでも、足らん足らんと思て食べるのは
　　悲しいで」
息子：「いや、余る余ると思って食べるのもかなんで」
（とか何とか言ってるうちに、無くなりかけて）
妻：「何やかんや言うてるうちに無くなったやん」
息子：「ほら、僕結構無理して食ったもん」
妻：「お母さんも、思ったより召し上がりましたね」
母：「(お腹をたたいて）おん、もういっぽんぽんや」
一同：「いっぽんぽ〜ん？」
母：「あれ、何でほんなこと言うたんやろ？」

もう１本食べるつもりか！

（その２）

「世界一受けたい授業」という番組の「世界一受けたい

ニッポン検定！」というコーナーで、『「非常に待ち遠しいこと」という意味の四文字熟語「一〇千〇」を完成させよ』という問題が出て、

私：「これは、『一日千秋』やな」
母：「ほ〜ん、今はほういう風に言うんか」
私：「今って、昔からの言葉やんか」
母：「いや〜、昔は違ごたでぇ〜」
私：「何て言うたんよ？」
母：「『一攫千金』やろ」
妻：「私もそう思ったぁ〜」

まあ、確かにそちらの方が待ち遠しいかも……。

2013/4/20

（その１）

４月に入ってもまだまだファンヒーターから離れられない寒がりの母。設定温度と室内温度を見ながら、

母：「ほうかぁ、今日はやっぱ暖かいんやな。設定温度が14℃で、室内温度が55℃かぁ」
私：「はぁ〜っ?!　55℃なわけないやん。死んでまうがな」
母：「ほうかぁ、けど、ここにほやって出たるがな。あ、

　　今度は56℃に上がった」

見ると、ファンヒーターは止まっており、時計表示になっていた。

（その２）
朝ドラ「あまちゃん」。ヒロインのアキが親友ユイの家に招待され夕食の場面。ユイの父功がストーブの前から離れないプー太郎の息子ヒロシ（小池徹平）を罵りながら、

ユイの父：「アキさん、こいつねぇ、ストーブだけが友
　　だちなんですよ」
（即座に）
うちの母：「私と一緒や！」

（ヒロシ：一緒にしないで下さい）

2013/5/22
「百年名家」テレビ撮影収録の日、ちょうどその時間帯に町内の老人会の食事会で不在だった母。20年前に「男はつらいよ」のロケが長浜で行われた時にボランティアとしてお手伝いしたため、「牧瀬里穂ちゃんには会いたかったわ～」、「もう一人の男の人（八嶋さん）は知らん」と。

従兄（母の甥）が同番組のスポンサーである住友林業の役員をしていることから当店取材の打診があり、お受けしたものです。

さて収録があった日の翌日（昨日の朝）のこと。

（その１）

母：「あぁ、ふらふらする。あかんわ〜」

私：「どうしたん？　調子悪いんか？」

母：「寝られへんかったで、眠とて眠とて。考えごとしてたら寝られへん」

私：「いったい何を考えごとしてたんやいな？」

母：「いや、牧瀬里穂ちゃんになぁ、どうやって礼状を書こかぁ、いやほんでももうこんな齢になってもたし、うまいこと書けへんしぃ、どうしょうなあと思てぇ」

ということで、母は礼状書けませんので、牧瀬さん悪しからず。

（その２）

妻：「お母さん、昨日来た八嶋智人さんなぁ、奈良女子大附属小学校と、奈良女子大附属中学校と、奈良女子大附属高校出たらしいですよ」

母：「ほうかぁ、すごいなあ」

私：「そうそう。残念ながら、奈良女子大だけは入れんかったらしいわ」

母：「ほうかぁ。何でやぁ～？」

私：「余計な附属が……」

妻：「男だからですよ」

母：「あ、そうかぁ～、ハハハハハ」

附属がつくと男女共学。

2013/6/10

（その１）

この日の晩御飯は母の好物、やわらかいシューマイ。

母：「あ、しもた～、えらいこっちゃ～（と、テーブルの下を見る）」

私：「あ～ぁ、落としたな」

妻：「え！　何を落としたぁ（と急ぎ近づく）。あ～ぁ、やってまんた。油ギッシュ」

母：「シューマイ落ちた」

妻：「どうします、お母さん、これ。食べますか？　やめときましょうね」

母：「食べるぅ！　もったいない」

妻：「無理しなくていいんですよ。それとも食べたいのぉ？」
母：「うん、食べたいのぉ～、やわらかいもん」
妻：「(拾って）はい、どうぞ」
母：「あ～、ご飯が足らんなぁ、ちっと」

落としても落とさんでもご飯足らんかったんちゃうんかい。

（その２）
「百年名家」の放映のビデオを見て。

妻：「お母さん、牧瀬里穂ちゃんしか知らん、八嶋さんは見たこと無いて言うてたけど、わかるでしょ？　八嶋さん」
母：「あ～ん、知ってる、知ってるぅ～。ほんで、隣の女の人は誰やいな？」
妻：「え！　信じられな～い。牧瀬里穂ですやん」
母：「里穂ちゃ～ん？　随分変わったな」
私：「え～っ！　みんな全然変わらんって言うてやったでぇ～」
（しばらくして角度が変わると）
母：「あ、やっぱり変わってないわ」
妻＆私：「がくっ！」

（私の登場場面を見終わって）
母：「あ〜、うまいこと説明できたな」
私：「おおきに」

（と言っておきながら、全部見終わって）
母：「あ〜ぁ、私が出てたら、もっと笑わしたるんやけどな、ハハハハハ」

おいおい、もうテレビ出んて言うてたやんかい。

2013/7/1

（その１）
6月中旬のとある日のこと。

私：「暑いなあ、今日は」
妻：「暑いでえ、日差しがすごいの。干し場にいたら日差しでくらくらしてきたわ。お母さんは暑くないんですか？」
母：「おん、暑いんや、暑いんやけどな」
妻：「けど、何？」
母：「こないだまでせんど寒い、寒いとばっか言うてたさかい、ちょっと遠慮せなあかんかと思て」

暑さ寒さが彼岸から彼岸まで。

（その２）
さらに暑くなった翌日。

私：「暑いなあ、今日は一段と」
妻：「もうこのまま、梅雨は来んのやろか」
私：「来んと55号」
妻：「そんなこと言っても寒くならないわよ」
私：「う～ん、それは困った困ったこまどり姉妹。これでも？」
妻：「寒くはならんけど、百年の恋もさめた」

焼け石におやじギャグ。

（その３）
8月に東京の姪の結婚式があるのですが、

母：「おい、もう招待状来たかいな」
妻：「まだですよ。一ヶ月前くらいに来るんじゃないですか」
母：「ほんまに、あの子ら（姪のこと）で出来るんやろか」
妻：「大丈夫ですよ、しっかりしてるんだから」
私：「ほうよ。何にもできん婆さんが心配してどうする」
母：「もう心配で心配で夜寝られへんがな」
妻：「そのお母さんが心配ばっかりするのが私らは心配

で心配で」

心肺機能と心配機能は反比例。

2013/7/16

（その１）

母にひ孫の顔を見せに来る予定だった東京の甥家族が来られなくなり、

私：「かんなちゃん（母のひ孫）、手足口病にかかったらしいわ」
母：「なに〜ぃ！　ほら、えらいことやがなぁ」
私：「うん、でも結構最近流行ってるみたいやし」
妻：「それに、かかったことある子、結構いますよ」
母：「私もほれやろか、手足口なし病？」

いや、むしろ手足口だけ病やろ。

（その２）

事ほど左様に心配性が激しい母。

妻：「もう、お母さん、何にも心配しなくて大丈夫ですよぉ」

母：「ほんなこと言うても心配なもんは心配なんやでしょうがないがな」
妻：「でもね、心配されすぎると周りも困っちゃうんですよぉ」
母：「やっぱ、テレビで色々と教えてくれやあるで、心配事が増えるんかなぁ？」
私：「なるほど、情報が多すぎるんかな」
妻：「あ、じゃあテレビを取り上げようかな～」
母：「あかんあかん、ほんなことしたら警察に訴える。老人虐待しゃあるぅ～！　て」

それもテレビ情報か？

2013/7/31

（その１）
同じ30℃でも最初は暑く感じたのが、35℃以上をいったん経験すると体が慣れて逆に涼しく感じるもの。

私：「やっぱり、暑さも慣れやな」
妻：「そうそう、お母さん大丈夫、8月も乗り切れますよ」
母：「わからんでぇ、ちょっと頭が痛いし」
妻：「え！　どこかで打ったの？」
母：「いや～、熱中症かなぁ」

妻：「それだけ元気だったら大丈夫、大丈夫」
母：「ほんなら、元気な熱中症！」

どんな熱中症やねん。

（その２）
参議院選挙の立会人として出仕することになった妻。

母：「あんた大変やなあ」
妻：「いや、別に大変じゃないですよ。すわってるだけなんだから」
私：「いやいや、何にもせんとじっとしてるのはつらいでぇ」
妻：「じゃ、お母さんに代わってもらおかな」
母：「ずっと寝ててもええんなら代わるで」
私：「そうそう、上瞼に目ぇ描いて」
妻：「ほんでも、意外とお母さん、『あ、誰々が来ゃった～』とか観察するんじゃない？」
私：「そうそう、『あんた、来たんかいなあ』とか声かけて」
母：「『誰に入れたん？』て聞いたりして」

こういう不適格者は実際どうなるんでしょうね？

（その３）

選挙当日。妻の投票立会、午後１時からの出仕を朝からと間違えていた母。奥から店に出てきて、

母：「あれ〜？　今、道子さん（妻）の声せんかった〜？」

私：「ほうや、オレが昼御飯食べる間店番しとったんやがな」

母：「何ぃ？　帰ってきゃんたんか？」

私：「どこから？」

母：「選挙の立会やろぉ〜？」

私：「午後からやがな」

母：「ほうか、私はてっきり朝からやと思てるやろ。ほんで今居眠りしてて声が聞こえるさかい。あれ〜？　これは私が死んださかい、帰ってきゃんたんかと」

私：「ナニ？　おばあさん死なったさかい、はよいんどくれやす、て言われてか？」

母：「ほうよいなぁ。おかしいなぁ、私はこんなに気持ちよく寝てるのにぃ、と思てたの」

確かにいつも死んだようによく寝てますけど。

2013/8/16

（その１）

花火大会に合わせて帰省した娘の超上げ底サンダルを見て。

母：「何やこれ？　おっそろしぃ〜靴やなあ」

私：「ほれ履いたら７〜8cm背ぇ高う見えるでぇ」

娘：「おばあちゃん、履いてみるか？」

母：「あほな、そんな恐ろしいもん」

（娘がいなくなるのを見計らって）

母：「ちょっとだけ足を入れさせてもらお。いやいや履かへんでぇ。片足だけな。へぇ〜っ、これは危ないわぁ」

（さらにしばらくして）

母：「こっちの足も入れてみよ。あ、履けたなぁ。けど、これはどこかにつかまらんと立てんなあ」

おいおい、本気かよ。

（その２）

続いて帰省した息子が土産に551の豚まんを買ってきて、

妻：「おかあさ〜ん、隆太郎が買ってきた豚まん蒸しましたけど食べますかぁ〜？」

（座敷で寝転がって居眠りしている母）
母：「うぅぅぅ〜ん？　ためにゅ……」
妻：「あれ、おばあちゃん、死んでるなぁ」
母：「死んでも豚まんは、食べる〜」
そんなような歌舞伎のセリフがあったなあ。

（その３）
自主的にお墓の草むしりをしてくれた息子に感激して仏壇に手を合わせる母。すると突然、

母：「あいたっ！　あいたたたたた！」
私：「どうした!?」
母：「刺された、いかい虫に刺された、あぁイタタタタタ」
（メガネのあたりに飛んできたハチを手で払いのけた瞬間、指を刺されたらしい）
母：「りゅうちゃん（息子）、おまんお墓からハチを連れてきたんとちゃうか？」
息子：「あぁ〜、そうかも」
妻：「ひょっとして、ご先祖さんやったんとちゃいますかぁ？　お母さんに『しっかりせんかい！』って刺しに来たんじゃないですかぁ」

バチでなくハチが当たりました。

2013/9/9

（その１）

妻が撮った姪の結婚式の写真をデジカメのまま母に見せると、

母：「(新郎の写真を見て）何や？　これおまんか？」

私：「なんで〜よ。私のはずないでしょ」

妻：「そのちっちゃな画面では見えないわよ。パソコンで見られんの？」

私：「(不承不承に）しょうがないなぁ。スライドショーやってみますか」

（しばし、パソコンの画面の虜になる母)

母：「ほ〜ぉう、なるほどぉ〜」

私：「どうや、満足したか？」

母：「うん、ところで披露宴の写真わいな？」

妻：「お母さん、今のが披露宴の写真ですよ」

母：「料理が全然写ってないがな」

（その２）

2020年オリンピック東京開催が決まって、

母：「ほんでもなぁ〜、東京がうまいこと出来るかどうか、私は心配でかなんのや」
私：「え、でも７年後やで。 97歳やで」
息子：「それまで生きてられるかぁ？」
母：「あ、それは無理、無理。絶対無理」
私：「ほんなら、心配してもしゃあないがな」
母：「そのへんが、物好きばあさんなんだよなぁ」
妻：「居ると思います！」

2013/10/11

（その１）

母：「『みーな（長浜のタウン誌）』のみつよちゃんな、あの子最近えらい綺麗にならんたなあ」
私：「ほうか、今度言うとくわ。喜ば〜るやろで。けど、どこかで会うたんか？」
母：「行ってきたんやがな。今度出たみーなの『官兵衛と半兵衛』な、あれを秀夫（母の親元の甥）に送ってもらおと思って」
私：「ふ〜ん、ほんで、『あんさん、きれいにならありましたなぁ』て言うたんか？」
母：「ほんなこと、私が言いまひょかいな、この見えん目で」
妻：「え？　それちょっと、何か複雑ですね」

いやいや、前から変わらずお綺麗なんです。

（その２）

母：「今日さわださんとこの店から送ってきたハガキにポイント倍返しでなしに、３倍出しや！　て書いたったな」

妻：「あ、そうそう、なんか最近あちこちで見かけますわ、そういうの」

私：「流行りやな。けど、何かかえって新鮮味ないかもな」

母：「ほうか、ほんならどんなのがええんやいな」

私：「ほら、香典返し、倍返し！　とか」

母：「ダハハハハハ、死ねんがな」

半沢は半返しが分相応。

2013/11/14

（その１）

お寺の報恩講にきらず揚げ１箱を供えると言って準備する母。箱にのしを貼っているのを見ていると、

母：「何や？　おまんがのしを貼ったろてか？」

私：「あかん、あかん、甘えたら。自分でできることは

せんと何にも出来んようになってまうで」
母：「はいはい。さいでございますな」
（と言いながらセロテープを念入りすぎるほど貼りまくる母）
私：「ちょっと、何でほんなにペタペタと貼りまくるんよ」
母：「さあて、何でやろなぁ」
私：「そんなようけ貼らんでも止まるがな」
母：「ほうやな、ほんでもな、この脳が『貼れ、貼れ！』て命令しょうるんやでしゃあないがな」

（その２）
左の肩が痛くて動かんという母、仏壇の前に座って、

母：「あ～ぁ、情けないこと。仏さんの世話もできんがな」
私：「どうしたん？」
母：「もう死んでまうかもしれんわ」
私：「ほんな痛いんか？」
母：「仏さんともサヨナラかなぁ」
私：「いや、それを言うなら仏さんとコンチニワやろ」

（その３）
翌日、整骨院に連れて行き、治療後迎えに行く。

私：「どうやった？」

母：「肩のところに水がたまってますて」

私：「ほんで、どうするって？」

母：「なるべく使わんとじっとしといて下さいって。しかし、あんなところに水がたまるんやなあ」

私：「ほうか、お腹もでかいで、水がたまってますて言われんかったか？」

母：「アハハハハ。仰向けに寝たけど、お腹にはお構いなしで何も言わあれんかったな」

私：「産婦人科ちゃうしな」

2013/12/1

（その１）

少し前、グラチャンバレーをTVで見ていた時、選手交代のピーポーピーポーの音を聞いて、

母：「何やさっきからようピーポーが鳴るな」

妻：「大丈夫、お母さんを迎えに来たんじゃないですから」

私：「テレビや、テレビ。バレーやがな」

母：「何？　この体育館に救急車が入って来たの？」

いやさすがに中までは。

（その２）
minoriさんが母を訪ねて来てくださった時、

minoriさん：「なあなあ、お婆ちゃん、私が作った陶芸
　　作品見てくれるぅ？」
（とカメラを出して、それに見入る二人）

その時、買物に出るため私の妻が奥から出て参りまして、
minoriさんの存在に気づき、会釈をしていたのですが
全く気付かれず。

（店を出る時にガラガラと戸が開く音がして、振り向く
minoriさん）
妻：「あ、こんにちわ～」
minoriさん：「あれ、お客さんやわ。いらっしゃいませ～」
母：「あれはうちの嫁やがな」

主客転倒とはこのこと。

2013/12/22
（その１）
母が妻に髪の毛を洗ってもらい居間でドライヤーをかけ
てもらって、

妻：「はい、できましたよ」
母：「おおきにな、ありがとさん、ありがとさん」
私：「はい、それじゃ3000円頂戴いたします」
母：「何やて？」
妻：「あのね、惠行さん（私）が3000円お代をいただきます、って」
母：「はいはい。つけといて」

そう来たか。

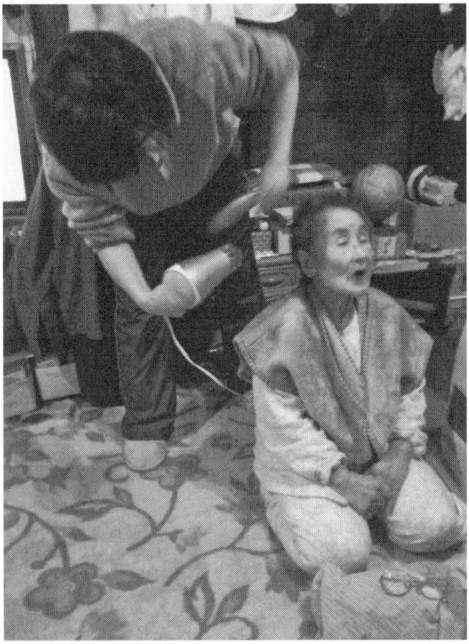

ドライヤーをかけてもらう母

（その２）

テレビで明石家さんまが司会の番組を見ていて、

母：「（しみじみと）しかし、さんまほど笑ろてたら長生きするわな～」

妻：「（そっけなく）長生きした人に言われたくないって」

母：「アハハハハ」

笑う門には福来たる。

2014年

2014/1/12

（その１）

毎年、おせち料理に黒豆を炊く母だが、

母：「もうあかんわ、もう今年は何にもできんわ、黒豆も」
妻：「あ、私炊いてみましたわ」
母：「ほうか、ほらおおきに」
（と言いつつ、気になって鍋を覗いたらしい）
母：「豆が茶色に炊けてることはよ～ぉわかりました。けど、アクを取らなあかんわ」
妻：「アク取りましたよぉ、何回も」
母：「いや取れてない、この白いやつ。あれっ？　これ紙やがな」
妻：「お母さん、それクッキングペーパーですがな」
母：「ほうかいな。私らは木の蓋で落とし蓋をしたな。ま、あんさんはあんさんのやり方でどうぞ」

黒豆には一家言有り。

（その2）
年末年始、やや体調を崩して咳が続いた母が帰省中の娘に、

母：「（弱々しい声で）ほんま、最近お父さん（私のこと）にはお世話になってるんや」
娘：「へぇ〜、ほうなん」
母：「血圧測ってもろたり」
娘：「測ってもろたり〜」
母：「薬貼ってもろたり」
娘：「貼ってもろたり〜」
母：「ほれから〜……」
娘：「おむつ替えてもろたりぃ〜」
（娘をパシン！　と叩いて、突然大きな声になって）
母：「まだ、そこまで弱ってまへん！」

まだ、元気あります。

孫とひ孫と３ショット

2014/2/9

90歳になったのを機に兄姉等の勧めもあって介護認定申請をし、要支援2となった母。

（その１）

ケアマネさんによるヒアリングの時、

ケアマネ：「最近は外にどれくらいお出かけになりますか？」

母：「今年になってから寒いので、全然外には出てません」

妻：「前は近くのプラチナプラザ（野菜工房）とかへ出

かけて、おしゃべりとかしてたんですけどね」
ケアマネ：「そうですか。では、またプラチナプラザまで外出できることを目標に頑張りましょうね」
母：「でもね、プラチナプラザもね、おしゃべりだけして何も買わんとは帰って来れませんやろ。お金がいるんですよ」

（その2）
市役所、ケアマネ、福祉用具業者、デイサービスセンター等の担当者会議で、

ケアマネ：「それでは皆さんに、喜久子（母）さんのご紹介をさせていただきます。喜久子さんは、こちらに嫁いで来られる前に少しの間、学校の先生をなさっておられまして……」
母：「あのあのあの、それは駄目です、内緒です」
ケアマネ：「え？」
母：「特定秘密ですので」

（その3）
ケアマネ：「あとですね、かかりつけのお医者様から食事の塩分制限が出てるんですが、大丈夫ですか？」
デイサービス担当者：「あ、大丈夫です。対応させていただきます」

妻：「え？　家では全然塩分制限してないんですけど」
ケアマネ：「大丈夫ですよ。取り過ぎないように注意していただければ」
母：「そりゃね〜、ちょっと塩辛いほうが美味しいの！」

2014/2/27

（その１）
TVで布亀の救急箱のCMが流れて、

母：「あれっ、布亀さん、薬も始めやったんやなぁ」
私：「布亀は昔から薬売ってやあるがな」
母：「なんでぇよ、ガソリンスタンドちゃうんかいな」
私：「それは尾賀亀やろ」
母：「ほうか尾賀亀かぁ。兄弟やろか？」

二人とも亀がつく兄弟はなかなかいんやろぉ〜。

（その２）
2月の中頃から週2回デイサービスに行くようになって、

母：「あ〜ぁ、今日はカラオケやったけど、私一人だけやがな歌わんかったのは」
私：「何で歌わんの？」
母：「ほんなもん、なんにも歌えんも。ほんでも、中にはものすご上手な人がやあるんやで」
私：「ほらほうういう人もやあるやろ」
母：「ほんでもな、その人しょっちゅうオシッコ行かあるんや」

歌は下手でも、オシッコ近くないほうがええな。

2014/3/29

（その１）
先日、娘が帰省した時、

娘：「おばあちゃん、デイサービス楽しいか？」
母：「うん、楽しいけどな、カラオケがかなんのや。何〜んにも歌えんのやも」
娘：「ほんなもん、何でもええがな。『鳩ポッポ』でも『もしもし亀さん』でも。一緒に歌おか」
二人：「♪ぽっぽっぽ〜、鳩ポッポぉ〜」
母：「ほんでもなあ、97歳のおばはんやら、92歳のおっさんでもカラオケ歌わあるんやで」
娘：「いや、そんなことより、その歳の爺さん婆さんでも『おっさん、おばさん』て呼ぶのがすごいわ」
妻：「だって80歳くらいだと『あの子』よばわりやもん」

（その２）
そして数日後。

母：「今日なあ、ななちゃん（娘）に教えてもろた歌、歌とてきたで」

私：「へぇ〜、何歌とたん？」

母：「♪もしもし亀よ亀さんよ〜や。けどな、ほんな大きい声では歌わへんでぇ。マイクを近づけてくれやあるんや」

妻：「へぇ〜、よかったじゃないですかぁ」

母：「ほしてな、いつも最後は何ちゅう歌やったかいな、ほれ♪われ〜はうみの子〜、あれを全員で歌うのがお決まりや」

私：「琵琶湖周航の歌？」

母：「そうそう、それもマイク近づけてくれやって歌たわ。ほしたらな、『うまいこと歌えますやん』やて。ちっとも上手いことないんやで。何がほんなもん上手いわけないがな」

母：「ほんでもな、いくらウソでも嬉しいもんやなぁ」

2014/4/22
へ〜を２発の巻。

（その１）
夕方、車を駐車場に置きに行って帰ってくると、母が店の事務室に。戸を開けると芳香が。

私：「うわっ、くさっ！　おならしたなぁ」
母：「ごめん、ごめん、お腹の調子が悪いんや。それはそうと、おまんどこ行ってたの？」
私：「ん？　車置きに行ってたんやがな」
母：「ほうかいな。黙って出て行くでわからへんがな」
私：「ほうや、わからんようにすぅ〜っと出ていったんや」
母：「おならと一緒やな」

（その２）
別の日、母が朝食を食べ終えて席を立ち、数歩歩んだところで、

母：「（プッ！）あ、ごめん」
（と同時に一瞬よろける）
私：「お〜ぉ、屁の勢いで一瞬フラツイたなあ」
母：「ハハハハハ。あかん、笑わせると余計危ない、ほんまにこける」
私：「笑わせてるのはそっちやろ」
妻：「ジェット噴射やな」

2014/6/6

（その１）

相変わらず毎日のように、「だんだん目が見えんようになっていく」という母。そんなある日、居眠りから目が覚めてむっくと起き上がった時に、

母：「ん？　あかん、これはホンマに物が見えんようになってもた」
私：「えぇ？　ホンマかいな。寝ぼけてるんとちゃうか？」
母：「いやいや、ボーッとしたる」
（と、しばしキョロキョロする）
私：「おいおい、メガネかけてへんがな」
母：「あ、ホンマや」

（その２）

そうはいうものの、見にくさについに我慢ができず目医者を予約してくれと母。受診は４年ぶり。いろいろ検査をしてもらった結果、

先生：「画面を見てもらったらよくわかると思いますが、この４年間でお母さんの白内障はだいぶん進んでますね。手術をすればある程度改善すると思いますが」

（ということで後日、といっても9月に手術をしてもらうことに）

母：「おい、今日見てくれやった先生、前の先生と違うわなあ？」

私：「何言うてるんよ、わざわざ指名で○○先生にお願いしたんやがな」

母：「いやぁ、ほれはおかしい。あの先生はもっと面長やったように思う」

私：「一緒やて」

母：「ほうか？　若返って男前にならった気がする」

やっぱり白内障進んでますわ。

2014/7/10

（その1）

晩御飯時、デイサービスであったことを話す母。

母：「○○さんはなぁ、アメリカではああとやら、ヨーロッパではこうとやら外国の話ばっかりしゃあるでかなんわ」

私：「あぁ、そういう人は出羽守（でわのかみ）って言うんやで」

妻：「え、何で？」

私：「『○○では……』、『××では……』、と自慢そうに講釈しゃあるさかいや」
母：「なるほど、ほしたら私は『ねぶたの守』やな」
妻：「何それ？」
母：「昼寝ばっかりしてるさかい」

（その２）
別の日の晩御飯はホワイト餃子。歯の悪い母用には好物の冷凍シューマイを。

母：「この餃子はえらい柔らかいなぁ～」
妻：「お母さん、それはシューマイですがな」
私：「そうそう、ホワイト餃子は皮が固いで食べられんやろ」
（いつもはホワイト餃子に見向きもしないのに）
母：「私も、これ一つもらおかなぁ」
妻：「どうぞ、どうぞ、食べられるんなら食べてよ」

（しばらくして）
私：「おっ、食べられたやん。そう言えば、最近歯の調子良さそうやもんな」
母：「まあな。目は見えんけどな」
妻：「歯の調子がいい間に、うんと食べ溜めしといて下さいよぉ～」

2014/8/10

（その１）

長浜で観測史上最高気温を記録した日の夕方のこと。

母：「あぁ、いよいよ認知症やわ、これは」
私：「どうしたん？」
母：「認知症になると、『財布がない、財布がない』て言うようになるらしいけど、ほれや」
私：「どっかに置いてきたんか？」
母：「いや家でどこかに片付けたことは覚えてるんやけど、それがどこやったか……」
私：「まあ、行動範囲は狭いし、そのうち見つかるやろ」

（翌朝、朝食を食べに起きてくるなり、小声で）
母：「財布あったわ」
私：「えっ、どこにあったん？」
母：「ほれは秘密や」

それを教えといてもらわんと困るがな。

（その２）

デイサービスで夏祭りが行われる前日のこと。

妻：「明日はいよいよ夏祭りですねえ。流しそうめんとかやるんですよねぇ」
母：「ほうよ。けど、明日の天気はどうなんやいな？」
妻：「雨みたいですよぉ」
母：「ほうか、ほんなら流しそうめんできんがな」
妻：「ええっ、中でやるんじゃないんですか？」
母：「中て、ほんなもん、どこでするんやいな？」
妻：「お風呂とか（笑）」
母：「アホな、ほんなもん誰も食べへんわ」
妻：「みんな裸で箸持って、ひょいひょいっと」

ついでにお背中流しそうめんか！

2014/8/27

東京の姪の結婚式に参列するにあたり、母をショートステイに預けることになり、事前のヒアリング。

説明員さん：「洋服の着替えとかはご自分でできますか？」
母：「はいっ！　けどねぇ……」
（けど、何や？　あ〜ん、時間がかかるて言うんかな……）
母：「ええ服持ってませんで、変なもん着ていくかもしれまへんで」

服の趣味は聞いてまへん。

2014/9/13

部屋の電気が暗いとぶつぶつ言っていた母。

母：「あんなぁ、おまんに頼も、頼もと思てたんやけどな、ちょうど電気屋さんのおねえちゃんが請求書持って来ゃんたでな、ちょっと、ちょっと見てくれんか、て頼んだんや」
私：「ふ〜ん、ほんで」
母：「照明器具の中に蛍光灯が3つ入ったるんやけど、ほのうち2つが切れたったらしいわ」
私：「ほら暗いはずやわな」
母：「ほんで蛍光灯を替えてもええんやけど、器具がだいぶん古いし照明ごと替えよか、て言わんすんやわ」
私：「ほうかぁ、かれこれ40年位経つもんなぁ」
母：「ほうよ、ほれに私もうすぐ死ぬさかいに、死んだらこの部屋にいろんな人が顔見に入って来ゃ〜るやろで、古い照明より新しいほうがええやろ、と思て」

さぞかし、ええ顔に見える照明にしてもらいなはれ。

2014/10/4

母、白内障手術編。

（その１）

最初の手術（右眼）の次の日のこと。

母：「テレビが見られんで、やることがないわ」

私：「テレビは翌日から見てもええんやで。ほれ、パンフレットに書いたるやん」

母：「ほんまやなぁ。けど、一応用心して」

私：「昼寝はしたらあかんて書いたるわ」

母：「ほんまか？　ほらえらいこっちゃ」

妻：「うそに決まってるでしょ。でも昼寝の時も眼帯しないとだめなんじゃないですか。（注：1週間、睡眠時は眼帯着用の指示有り）」

私：「ほやけど、気づいたら居眠りしてやあるんやで、その都度なんてできひんやん」

妻：「お母さん、一日中眼帯してなあきませんわ」

（その２）

2回目の手術（左眼）の当日、家を出る前に、

私：「この前、杖を持ってきたらよかったて言うてたし、今日は杖持っていくか？」

母：「いらん」

私：「いらん？　何で？」

母：「（私を指差して）立派な杖があるで」

妻：「(私を指差して) ほうや、立派な杖があるで」

2014/10/22

（その１）

白内障手術後、どうしても自分で目薬が差せず、人任せにする母。

母：「何べん差してもろても、回数やら覚わらんわ」
私：「自分で差さんで、覚わらんのやがな」
母：「ほやなぁ。ほんでも不思議やな、こんだけ覚わらんて。たんぜんとみたいなもんやな」
私：「丹前？」
母：「あのほれ、数学の難しいやつよ」

サイン・コサイン・タンジェントのことだった。

（その２）

息子が帰省して、メガネのない母の顔を見て、

息子：「え、おばあちゃん、メガネ無しでも見えるんやぁ。すごいやん」
母：「ほんでも、私自分で白髪増えたなぁと思うわ」
妻：「え〜っ、お母さんなんか全然無い方ですよ」
私：「しわはどうよ。よう見えるようになったやろ」

母：「ほんなもん、最初からシワシワやがな。私みたいなシワシワの人デイサービスでもやあれへんもん」
私：「ほうかぁ、ほんならシワの根本を洗濯バサミで挟んで引っ張るか」
（すると、何を思ったか両手で頬のシワを引っ張り寄せて下唇を突き出す母）
母：「何や痛いがな〜、もう」

痛覚は正常らしい。

2014/11/11

（その１）
妻：「お母さん、またお部屋の電気つけっ放しでしたよ」
母：「おかしいな〜、間違いなく消したはずなんやけどなぁ」
妻：「でも、ついてましたよ」
母：「ほうか〜。ねずみがつけよったんかな〜？」

（その２）
母の通うデイサービスセンターでは、月初めにその月に誕生日を迎える人たちが一斉に祝ってもらえる、いわゆるバースデーパーティがあるらしく、11月生まれの母もついにその恩恵に、

妻：「何人が祝ってもらったんですか？」

母：「ほれがよ、11月生まれが4人くらいやあるて聞いてたんやけど、皆が毎日来ゃあるわけでないやろ。ほんで、今日は何と私一人だけ～（喜）」

妻：「へぇ～！　ほんで、みんなが♪ハッピバースデートゥーユーって歌ってくれるんですか？」

母：「まあな。ほして、一人ずつ立ち上がって『おめでとうございます』て言うてくれやあるで、それに対していちいち『ありがとうございます』てお礼を言うわけよ」

私：「ほれは疲れるなぁ。葬式の時の遺族みたいなもんやな」

妻：「おかあさん、何か皆の前であいさつしなくてよかったんですか？」

母：「おん、せんでよかったんよぉ」

私：「て言うか、準備してたんとちゃうん？」

母：「実は昼寝の時に何を言おか考えてて寝られんかった」

妻：「言いたかったんでしょう？」

私：「(代弁して）まあな」

母：「まあな」

2014/11/23

（その１）

白内障手術後の定期健診で。

先生：「どうですか？　よく見えるようになりましたか？」

母：「はい、おかげさまで」

先生：「それは良かった。何か変わったことはありませんか？」

母：「(いきなり私の方を指さして）この子の頭がこんなに白くなっていて本当にびっくりしました」

人を浦島太郎みたいに言うなて。

（その２）

先生：「他に何か気になることはありませんか？」

母：「あの～先生、最近マイクとかで大きな声出されるとよく聞こえないんですが、これは目の手術をしたことと何か関係あるんでしょうか？」

先生：「(一瞬笑いそうになりながらも冷静に）目と耳は（きっぱりと！）一切関係がありません。従って何か耳に異常を感じられるようでしたら耳鼻咽喉科にかかって下さい、ね」

母：「はい！」

新格言：母の耳に目薬。

（その３）
右の口元をさわりながら、
母：「私なぁ、不思議なことに、ここにだけヒョロっと
　　ひげが生えるんや。何でやろ？」
私：「ほれはなぁ、前世がナマズやったんやわ」
母：「ほうかぁ〜。ほんでもなぁ、こっち側にだけしか
　　生えんのやで」
妻：「それはね、右側だけがナマズやったんですわ」
母：「(ナマズの顔真似して）うぉ〜っ！!」

おかげさまで、母は本日91歳の誕生日を迎えました。
ありがとうございます。

2014/12/8
（その１）
私がヨーグルトを食べていると、

母：「ほれはヨーグルトか？」
私：「うん」
母：「ほれに加容子（大阪の姉）が送ってくれた何とか
　　いうのをかけると美味しいんやな」
私：「あ〜ん、ミキプルーンね」

母：「そうそう、ミキプリン（惜しい！）。けどなぁ、あれ高いらしいし、もったいのうて食べられんのやわ」
私：「ほんな、いつまで寿命あるかわからんのに、食べへんかったらよけいにもったいないがな」
母：「（入れ歯が飛び出そうなほど呵々大笑し）ほらほやな〜」

（その２）
一時減少していた体重が若干戻りつつある母に、

妻：「お母さん、デイサービスでは毎回体重量るの？」
母：「いや、月初めに一回だけや」
妻：「へぇ〜、服着たまま量るの？」
母：「いやいや、お風呂で一糸乱れず」
私：「一糸乱れず？」
母：「ちゃうちゃう、一糸まとわずや」
妻：「へぇ〜、ほら恥ずかしいな。パンツぐらい穿かしてくれたらええのにな」
母：「いやぁ、ほんなもんババアやで恥ずかしいことあろかいな。ほんでも、ちょっとでも体重が増えるかと思て、ごついパンツ穿いてきゃある人もやあるわ」
妻：「え？　パンツ穿いたままでもええの？」
母：「いやいや、ほんなもん係の人がピューと走ってきて脱がしてまわるわいな」

2014/12/31

（その１）

池上彰さんの番組で、トイレットペーパーの散乱などトイレ問題や放置ゴミの問題で富士山が世界遺産登録抹消の危険性があると報じられ、

私：「そうそう、世界遺産で来る人が増えてまた汚れる。富士山は遠くから眺めてたらええんやて」

母：「ほんでも、私は便秘症やで富士山には迷惑かけんわ。登った時もいっぺんも行かんかったもん」

私：「ブホッ（爆）。なるほど、便秘にもそういう利点があるかぁ」

妻：「私もいっぺんも行かなかったかな、そう言えば」

はいはい、私は富士山に登る資格はございません。

（その２）

長浜市新庁舎竣工式から帰ってきて、

私：「あのなぁ、今日石破さんが来ゃあったんやで」

母：「だれが〜？」

私：「石破さん」

母：「石田さん？」

私：「石破さんやがな」

母：「市田さん？」
私：「いしば」
母：「市場？」
（おいおい、わざと間違えてるちゃうやろな）
私：「だからぁ、い・し・ば・さんやて。知らんの石破大臣？」
母：「あ～ん、あの防衛庁長官かぁ」

やっぱり、そのイメージよね。

（その3）
あちこちのお年寄りの歳の話をしながら、

母：「しかし90歳過ぎたら、もう人間とちゃうなあ～」
妻：「え～？　じゃあ、一体何なんですかぁ～？」
母：「う～んとな……UFO!!」
私：「え゛～っ!!　UFO!?」
妻：「何でUFOなんですか？」
母：「さっき、テレビでUFOのことやってたで」

どうやら地球の男に飽きたらしい。

てことで、よいおとし（お歳、落とし）になったところで、本年の「じんとにっく」、ならびに「週末の食卓」

もこの辺でお開きにいたしたく存じます。来年もどうぞよろしくお願い申し上げます。よいお年をお迎えくださいませ。

2015年

2015/1/17

（その１）

前日の夕方から足がむくんで腫れ上がっているという母。

私：「ネットで調べたら、運動不足もしくは心臓か腎臓が悪いて書いたるわ。とりあえず、足の方を高くして横になりよ」

（と言って、ふくらはぎをさすったり、足の裏を揉んでやったりする）

（しばらくして）

母：「あれ、あんなに腫れたったのにホンマに細〜なってきたが。あぁ、ありがたい、ありがたい。おおきに」

私：「いやいや、それは良かった」

母：「いや、ほんまに大したもんやわ」

私：「ほやろ。お医者さんになれるやろ？」

母：「ホンマやな〜……（と言った後、踵を返すが如く）いや違う、あんまさんや！」

おぉ、それはないぜ、アンマー（沖縄語でお母さん）。

（その２）
正月に帰省した娘が母に向かって、

娘：「おばあちゃん、何か顔が変わったなぁ」
妻：「ほやろぉ、何か若返ったみたいやろ」
母：「いや、メガネ掛けてないさかいやろ」
娘：「いやいや、第三次性徴やろぉ〜」

2015/2/18

（その１）
その後、母の浮腫はおさまらず、介護施設からの勧めもあり、１月22日に長浜赤十字病院受診。入院し精密検査を行なうことに。母を見舞いに行くと、看護師さんに、

母：「あ、これが弟です」
私：「だれが弟やねん！」
母：「あ、弟ちゃうか。え〜っと、四男です」
私：「誰が四男やっちゅうに、次男やて」

私の兄に対しての弟、そして４人兄妹の末っ子ということが言いたかったみたいです。暖かいところに来て、呆けたんかと思ったがな。

（その2）

お茶を飲ませて、むせたので、

私：「大丈夫か？」

母：「大丈夫とちゃう」

私：「ほんまに？」

母：「大丈夫やったらこんなにむせへんがな」

ほんなこと言えるんなら大丈夫やわ。

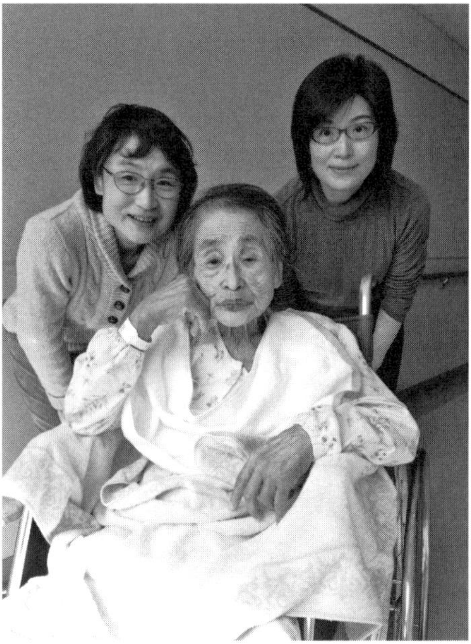

車いすの母　私の姉と妻と一緒に

（その３）
1月中の酷い足のむくみも取れてきて、

私：「あぁ、やっとむくみが取れたな」
母：「ほやなぁ」
私：「骨皮筋右衛門がどざえもんになって、また骨皮筋右衛門に戻ったな」
母：「ほんまやなぁ、バブルやったなぁ」

体重が増えたと喜んでいたのに水ぶくれでした。

2015/3/7

病院にて。

（その１）
薬剤師さんが現在服用している薬の説明に来られて、

薬：「それでは、桐山さん、今お飲みになっているお薬について説明させていただきます」
母：「あ、お薬のことは（私をさして）この子の方が詳しいですから、こちらにどうぞ」
薬：「そうですか、じゃあ両方に説明させていただきますね」
母：「あぁ、ちょっと暗いですね」

私：「ほうかぁ？　別に暗いことないよ」
（説明が終わり）
母：「すみません、こんな暗い部屋で」
薬：「いや、こちらの施設ですんで」

もはや、自宅気分か！

（その２）
普段から耳クソが異常にたまる母、

母：「あぁ、何や鼻がかゆいなあ」
（と、鼻の穴をほじると）
母：「わぁ〜っ、何やこれ、こんないかいのが出てきた」
私：「うわっ！　それ鼻くそやん。なんちゅうでかいんよ。耳クソだけでなかったんやな」
母：「ほうよ、私もこんないかいの見たことないわ」
私：「生まれてこのかた？」
母：「そう、生まれて初めて」

91歳にして記録更新。目くそ鼻くそで笑う。

2015/3/28

実は母が１月22日に入院し、検査の結果幽門閉塞で１ヶ月以上点滴と液体栄養剤の生活後、３月11日に手術を受けました。

（その１）
手術の日が決まって、

私：「昨日先生がご飯食べられるようにしたろ、て言うてやあったやろ」
母：「おん、ほやけど、手術せんならんらしいがな」
私：「ほやて、切腹せんならんらしいで」
母：「ほうや。私は切腹みたいなもんこわいことないし、年も年やでどうなってもええんやけど」
私：「ええんやけど、何？」
母：「もし手術に失敗でもしゃあったら先生の評判に傷がつくやろ。ほれが心配で」

大きなお世話様。おかげさまで杞憂に終わりました。

（その２）
手術の前日、娘も東京から帰って来て見舞いに、

娘：「おばあちゃん、明日９時から手術らしいで」
母：「ほうや、おまんのいつも起きてる時間よりちょっと早いな」
娘：「あ、やられた」

私：「ま、先生にとっては朝飯前の手術やろ」
（しばらく話をして）
母：「もう、家でお母さんが待ってやあるではよ帰り」
娘：「大丈夫、もうお母さんには顔見せて来たで」
母：「ほうか、すまんなぁ。年寄り道させて」
私：「おぉ！　すごいな、年寄り道て、掛詞やん」
（さらに話して）
娘：「おばあちゃん、いっぱいお見舞いに来ゃあるて有名らしいな」
母：「ほうよ、来ゃあるのはそれぞれやけど、私は一人で相手せんならんでな」
娘：「忙しいな」
母：「ほんま、昼寝してる暇もないで」

おかげさまで、食事の経口摂取も可能となり、現在リハビリ中。

2015/3/29

リハビリの先生と母の会話。

先生：「さっき来た時、おやつ食べてたけど何食べてたん？」
母：「ゼリー」
先生：「何味やった？」

母：「りんご！」
先生：「うそや、りんご味みたいなもんないでぇ」
私：「ももやろ」
母：「あ〜、容器に書いたる絵が似たるさかい間違えてもたがな」
先生：「今日は何日ですか？」
母：「4月ぅ〜、24日」
先生：「えぇ〜っ？　4月かぁ？」
母：「あ、3月24日です」
先生：「惜しい。今日は25日や。ほんなら、今日食べたゼリーの味は？」
母：「もも」
先生：「おぉ、今度は間違えんかったな」
母：「あのね、いつも昼にりんごジュース出ますやろ。ほんでついつい間違えて」

（しばらくリハビリの足上げとかをした後に）
先生：「さて、今日は何日ですか？」
母：「3月25日！」
先生：「おやつのゼリーの味は？」
母：「もも！」
先生：「くそーっ、馬鹿にしたようなこと何べんも聞きやがって、て思てるやろ」
母：「いいえ」

先生：「うそや、ほういう顔してたでぇ〜」
母：「ガハハハハ。ほうですか、してましたかぁ？」
（カーテン越しに）
隣の患者さん：「ワハハハハ。もう吉本要らんわ〜」

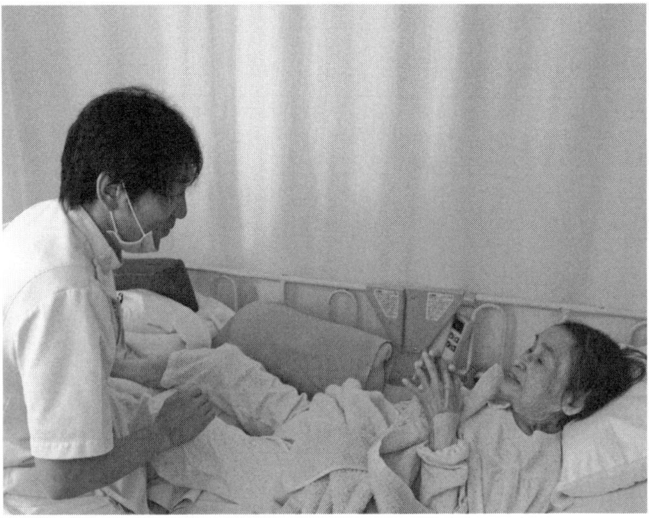

リハビリの先生と漫才

2015/6/5

3月末で長浜赤十字病院退院後、4月から入所した介護老人保健施設（老健）でリハビリ生活を続ける91歳の母を見舞って、

（その１）
しばらく、近況を報告しあいながら、

母：「ほれより、とにかく目が見えんのには弱るわ」
私：「ほれより、ってどれより？」
母：「(呆れて) ほんま、おまんは理屈こきやな」
私：「大丈夫、見えてるって。(近くにある卓上カレンダーを目の前に持っていって) この字読めるやろ？」
母：「ほんな大きい字は読めるわいな」
私：「ほうか、見えん人はこれでも見えんで。ほんならこれはどうや？（と、兄から届いたハガキに書かれた少し小さめの字を見せる)」
母：「ほれは、前に読んだでわかるわ」

あ、カンニング！

（その２）
15分位したら午後の活動が始まることを伝えると、

母：「ほんなら、ちょっとベッドから起こしてえな」
私：「わかった（と、背中に手を回して起こそうとすると)」
母：「アイタタタタタタ！　痛いがな」
私：「ごめん、ごめん、慣れてへんさかい（と言って、再チャレンジするも)」

母：「アイタタタタ！　もうちょっと、優しいしてくれんとあかんがな」
私：「もう無理！　介護士さん呼ぶわ（とブザーを押す）」

（ほどなく、介護士さんが来て下さり）
介護士：「桐山さん、起きますか？」
母：「はい。この子に頼んだんですが、慣れてませんのであきませんのや」
介護士：「じゃあ、起こしますよ」
母：「アイタタタタタ！」
私：「一緒ですね（笑）」
介護士：「大丈夫ですか？　痛くないですか？」
母：「はい、死んだら治ります」

2015/7/17

介護老人保健施設でお世話になっていた母ですが、入所３ヶ月以上経過したこともあり、昨日一時退所することに。

（その１）
老健では刻み食でしたので、帰ったら形のある美味しいものを食べたいと願っていた母。退所後診察と薬を処方してもらうために立ち寄ったかかりつけ医のところで、一通り診察が終わって、先生：「何か聞いておきたいことはありますか？」

母：「あの〜、お刺身なんかは食べたらあきまへんわな〜？」

先生：「お刺身食べたいの？」

母：「いや、嫁が楽でしょう、お刺身やと」

私：「お刺身大好きなんですわ」

先生：「ほうか、好きなんか」

母：「まあ、それもあるんですけど……（笑）」

老健から一時退所　久しぶりに我が家の食卓

（その２）

ポータブルトイレに防臭シートを入れた後、

妻：「お母さん、他に食べたいものありますか？」

母：「何や、桃の匂いがするな」
妻：「これ、防臭シートの匂いですがな」
母：「あ、ほうか～、桃があるんとちがうんか」
妻：「桃ありますよ。桃食べる？」
母：「ほやなー」

2015/8/3

（その１）

母の帰宅中、朝おむつ交換をしようと妻が開けてみると、どっさり溜まった固形物が。

私：「♪アラマウンコ～、アラマウンコ～（パラマウントベッドのCM曲の節で)。下剤が効いたな」
母：「ほんま？　出たるか？」
妻：「(息を止めた声で）どっさり出てますよ」
母：「出る物ところかまわずやな」
私：「ほんま困ったお尻やなぁ～」
母：「ほんましゃあないお尻やな。ぺんぺんせなあかんな」

（その２）

再びショートステイで老健に戻る日の朝。

母：「あぁ、やっぱり家の匂いていうのがあるんやなぁ」

私：「ほやろな、家それぞれに匂いがあるかもしれんな」
母：「あるな〜」
私：「うちはどんな匂いがする？　臭いか？」
母：「いや、ごはんの匂いがする。ええ匂いや」

（その３）
後日、洗濯物と着替えを交換ついでに老健に見舞いに行った時、

母：「ちょっとタンスの中見せてえな」
私：「はい、これ一段目」
母：「そこはええわ」
私：「二段目はパジャマとシャツ」
母：「はいはい」
私：「次はタオル、その下の段がブラウスとズボン」
母：「そしてその下は？」
私：「その下は空」
母：「ほれがあかんのやて。冬服持って帰ってもたやろ」
私：「冬服みたい夏に要らんがな」
母：「あかん、寂しいんや」

2015/8/15
（その１）
メディケアセンターでのショートステイが終わり、お盆

に帰宅する前の日に見舞いに行った帰り際、

私：「ほんなら、もう帰るわな。また明日お会いしましょう」
母：「はい、さいなら」
私：「お元気で」
母：「いや〜、わからんで。今晩ぽっくり逝ってまうかもわからんで」
私：「その時は『なんまんだぶ、なんまんだぶ』と言うたるし」
母：「もう！　はよいね、いね」

（その2）
てことで、元気に帰ってまいりまして、5月に生まれた4人目のひ孫と対面。

甥っ子の奥さん：「もう、飲んで寝て出しての繰り返しですわ」
私：「おばあさんも、食べて寝て出しての繰り返しですわ」

いつか来た道、やがて行く道。なまんだぶ、なまんだぶ。

（その3）
娘や息子も帰郷しており、久しぶりに家族5人での晩御飯。

妻：「あれ、お母さん、そう言えば帰って来て全然お仏壇に挨拶してんなあ」
母：「ほんまやな〜」
息子：「あんだけ熱心にお参りしてたのにな」
私：「お参りする？」
母：「……」
娘：「お祖父ちゃんが怒ってやあるで、何してるんや〜！　つって」
妻：「まだ迎えにきてほしくないもんな」
母：「当たり前や！　行きたい人なんかや〜ろかいな、なぁ、ななちゃん（娘に）」
娘：「ほんまやなー」
母：「考えて言わなあかんわ！」
娘：「ほんだけ言えたら、まだまだ長生きできるわ（笑）」

お盆には　まんまんさんより　まずまんま

2015/8/30

（その１）
盆明けに老健に再入所した母。そこに向かう介護タクシーの中で。

母：「しかし、おまんも白髪が増えたなぁ」

私：「そやろ〜」
母：「すまんな、苦労かけて」
私：「いやいや。けど、ハゲるよりましやろ？」
母：「まあな。しかし、最近はげてる人増えたなぁ」
私：「？？？？？」

介護施設にいるおじいさんたちはハゲが多いのか？

（その２）
東京の兄が子どもたちの家族と会食した時のことをスケッチしたハガキを母宛に送ってきて。

母：「ちょっと、これ何て書いたるんや読んでえな」
私：「え〜っと、『パレスホテルにて』って書いたるわ」
母：「パレスチナホテルぅ？」
私：「違う、違う、パレスホテルやがな。ほれ、とし子ちゃんもちず子ちゃん（両方とも兄の娘）も結婚式挙げやんたやん」
母：「あ〜ん、あそこかぁ。あれら（兄の家族のこと）はいつもあそこやな。ほんで、ほの『パレスチナホテル』でどうしたて？」

ちなみに、「パレスチナホテル」は実際にイラクのバクダッドの中心部にあるそうな。

（その3）

水曜と土曜が入浴日。土曜日に洗濯物を取りに2時ごろ行くとベッドに寝ている母。

私：「2時半から午後の活動やろ」
母：「いや、今日は土曜日やで無いはずや」
私：「けど、黒板に『玉入れ』て書いてあったで」
母：「ほうか、けどほんなもん出んでもええわ。このま　ま、ずっと夕方まで寝ててもええんや」
私：「ほうなん？　けど3時からの『おやつ』はどうなんよ」
母：「あっ、おやつを忘れてたな。ほれは休めんわ」
私：「ほやろ、おやつを欠席するわけにはいかんわな」
母：「いかん、いかん。毎日入れてたるもんやでな、欠かすと可哀想やろ、お腹が」

この日は、要望にお応えしてプリンを差し入れいたしました。

2015/9/23

（その1）

息子と老健に母の見舞いに行って話していると介護士さんが来られて、

介護士：「もうすぐ、午後の活動やで迎えに来たんやけど、家族さんが来てやあるんやったらええわ。もうちょっと時間あるし」
母：「今日はお歌会やろ？」
介護士：「違うよ、風船バレーやで」
母：「いや、お歌会に変わったはずや」

（後で、息子が黒板を見に行って）
息子：「やっぱり、風船バレーって黒板に書いたったで」
私：「やっぱりな」
母：「ほうや、黒板には風船バレーて書いたるけど、昨日のと交換になったんや」
息子：「なるほど、そういうことかぁ。まだまだ、しっかりしてやありますわ」

（で、この後プレールームへ連れていくと）
私：「あれ？　玉入れの準備してやあるで」
息子：「ほんまや、昨日の予定、歌会じゃなくて玉入れて書いたるやん」

歌会がしたかったらしい。

（その2）
敬老の日用に私の息子（孫）が書いた「家族メッセー

ジ」が枕元に貼ってあり、

私：「あ、メッセージ貼ったるやん」
母：「これ、りゅうちゃん（息子）が書いてくれたらしいな」
息子：「うん」
母：「字は上手に書けたるな」
私：「絵はどうなんよ？　似たるやろ」
母：「……」
息子：「（小声で）よう見えんように鉛筆で書いたでわからんと思うで」

本当に見えなかったのか、似すぎていて気に食わなかったのか？

2015/12/6

12月1日に多賀大社参拝の後に母の見舞いに行って。

（その１）
私：「お多賀さんに参って、糸切餅買うてきたんやけど、今日は入れ歯入れてへんさかいに食べられへんなぁ」
母：「ほうやなぁ」
私：「どうする？　後で食べるか？」
母：「持って帰っておまんら食べないな」

私：「いや、置いて帰ろか？」
母：（にや〜っ、とこの上もない笑顔で笑う）

目は口ほどに物を言う。

（その２）
母：「昨日な、死んだ夢見たわ」
私：「ほぉ、死ぬとどうなるん？」
母：「真っ暗やみ」
私：「何にも見えんのや。あとはどんな感じ？」
母：「ほんなもんわかろかいな。死んでるんやで」

ごもっとも。

（その３）
介護士さんがおやつのことで尋ねに来られて、

介護士：「今日、おやつでケーキかプリンが出るんやけど、飲み物はどうされるか聞きに来ました」
私：「あ、じゃあ、プリンでお願いします」
介護士：「ごめんなさい。ケーキかプリンは決まっていて、ケーキの食べられない人がプリンになるんです」
私：「あ、なるほど。すみません、（母は）プリンが好きなもんで」

介護士：「じゃあ、飲み物はこぶ茶か紅茶かコーヒーか、どれがいいですか？」
母：「コーヒー！」
私：「えっ？　コーヒー飲むの？」
母：「私、最近コーヒー党になったの」
介護士：「あ、私もコーヒー党ですよ。ブラックですか？　カフェオレ？　砂糖入れます？」
母：「はい、た〜っぷりお願いします」

何だよ、単なる甘党じゃねえかよ。

2015/12/20

今月初めに下痢と発熱で日赤を受診し、念のため再入院となった母。環境が変わったせいか、入院当座せん妄が現れる。

（その１）
入院した翌日、次姉と妻が見舞いに行った時、

姉：「私だれかわかるか？」
母：「(？？？) さあ〜？」
姉：「うそ〜！　わからんのぉ？　もう、毎日会いに行ってたのにぃ」
妻：「ほんじゃ、私はわかるぅ？」

母：「ほら、道子さんやがなぁ」
姉：「え゛〜っ！　私はわからんのに、何でえ〜？」

やっぱり、おまんま食わせてもらった人は忘れんのか。

（その２）
入院３日目に私が行った時、

母：「(にっこり笑って) おまん、朝早うから大変やったなあ」
私：「何が？」
母：「やっちゃん（私のこと）の付き添い」
私：「いや、私がやっちゃんですけど」
母：「何かなあ、頭ぼけてもたらしいわ」
私：「ぼけてることは、わかるんか？」
母：「わかる」
私：「ここどこかわかる？」
母：「何町かわからんようになってもた」
私：「病院てことはわかるか？」
母：「何やら、病院の病院らしいな」
私：「なるほど、病院の病院か。（日赤だし）そうとも言えるかも」
母：「ほうか、ほんでええんか」

今日のところは、ほんでええことにしといたろ。

（その3）
さらにその後、せん妄がひどくなり、

妻：「お母さん、省三叔父さん（母の弟）と顔が似て来たなあ」
母：「ほうかぁ、ほんでも、あれも死にかけてるさかいなぁ」
妻：「ほんなら、啓蔵叔父さん（もう一人の弟）は？」
母：「あれは亡くなりました」
（ここまでは合っていた）
妻：「じゃあ、隆次さん（私の父）は？」
母：「隆次さんはまだ生きてやあります。（平成3年没）」
妻：「じゃあ、お母さんは何人子ども産んだの？」
母：「5人（本当は4人）」

いつの間に？

2015/12/31
（その1）
お正月は残念ながら病院で迎えることになった母。食欲もあり、顔色も良いが弱気の発言。

母：「私死んだら何着たらええやろ？」
姉：「何着たらて、まだ死んでへんがな」
母：「いや、けど決めとかんと」
姉：「まだ生きてるんやし、ほんな心配せんでええて」
母：「だれもほんな心配してくれへんで、自分でせなしゃあないがな」

なるほど、できることは自分でするか。

（その２）
死んだ夢から一歩進んで、

母：「あのなぁ、私死んでもたさかいに何とかして」
妻：「お母さん、まだ生きてますよ」
母：「いや、死んだんや」
妻：「大丈夫。息もしてるし、しゃべれるし」
母：「あんたにはわからん。比左子（次姉）を呼んで！」

（その３）
数日後、再度死んだと言う母。対応を変える妻。

母：「私今度こそ死んでもたわ」
妻：「ほうか〜、ほんならどうしょう？」
母：「とりあえず、恵行（私）に連絡して」

妻：「はいはい、惠行さんに連絡して、どうするか相談しょうなぁ」

母：「はよ、連絡して」

妻：「わかった、でもその前にちょっとプリンでも食べてから考えよかぁ」

母：「ほやな、せっかくやでよばれよか（と、パクパクペロリ）」

生きてる証。

ということで、今年も色々とお世話になりました。来年また週末の食卓でお会いしましょう。よいお年を。

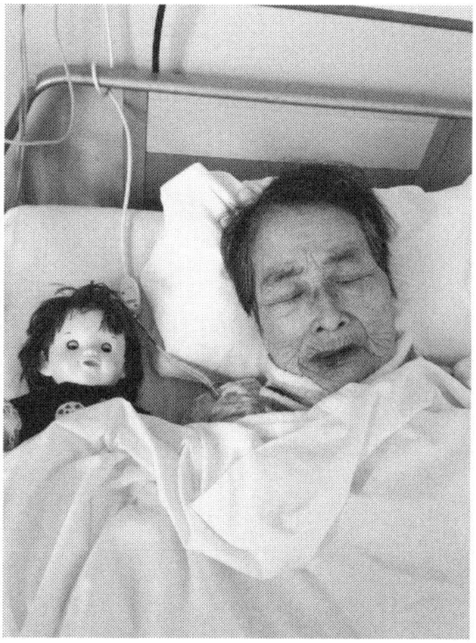

お気に入りのお人形と一緒に眠る母

2016年

次姉と孫と３人で

2016/1/30

（その１）

雪がたくさん降った翌日、次姉と老健へ見舞いに行った時、お風呂に入れてもらって、さっぱりした笑顔の母。

姉：「今日は元気そうやな～」

母：「ほやな」

姉：「昨日はしんどそうやったのに、今日は、ほんまええ顔してるわ」

母：「ほうかぁ？」
姉：「ちょっと待ってな、見せたるわ」
（と、鏡を持ってきて、母に自分の顔を見させる）
母：「ほ〜、ほんまやな」
姉：「よかったな〜」
母：「嬉しすぎて、寝てまうわ」

寝てしまうんかい！

（その2）
名古屋に住む、母の兄弟で唯一存命の叔父（85歳）から、母宛にお菓子が送られてきたので礼の電話をする。

私：「今日は結構なものを送っていただきまして、どうもありがとうございました」
叔父：「いやいや、どうも。姉の具合はどうですか？」
私：「ま、少しずつ弱ってますけど、まだ頭はしっかりしています」
叔父：「そうですか、まだ生きとりますか〜。そりゃあ、ご迷惑おかけしますな〜」
私：「いやいや、とんでもないです。叔父さんは如何ですか？」
叔父：「私はこの間で抗がん剤の投与がとうとう27回目になりまして、医者も驚いてましてね。ちょっと、

　　このあたりで一服しとこかなんて言われてます」
私：「そうですか。お元気そうな声を聞いて安心しました」

明るい声でガンと闘う、いや共存する叔父。この姉にして、この弟か。

2016/2/17

（その１）

老健に見舞に行った時、ちょうど寝ていた母。起きそうもないので足の裏をマッサージしてあげていると、介護士さんが来て、

介護士：「桐山さ〜ん（と母を呼んで）、誰か知った顔の人来ててくれやあるで〜。誰かわかるか〜？」
母：「（首を横に振って）わからん」
私：「うそ、わからんの？（と顔を近づける）」
介護士：「見えてるか〜？」
母：「（首を縦に振って）うん」
私：「それでもわからんのか？」
介護士：「桐山さんがお腹を痛めて産んだ人ですよぉ」
母：「（目を見開いて）あぁ、どうもそうらしいな」

顔は忘れても痛みは覚えているのか。

（その２）
大阪の姉が、勤め先の教会の牧師さんを連れて母の見舞に、

牧師：「お具合はいかがですか？」
母：「……」（無言で答えず）
姉：「お母ちゃん、具合どうですか？　て聞いてやあるで」
母：「（しばらく沈黙の後）ほんなこと、急に聞かれても答えられんがな！」

質問は前もってご提出下さい。

2016/3/14

本日、午前1時37分、母が92歳の生涯に幕を下ろしました。これまで賜りました皆様方の格別のご厚情に深く感謝申し上げます。ということで、「週末の食卓」はこれをもって一旦終了とさせていただきます。

長い間のご愛顧、誠にありがとうございました。

母は2015年2月に入院し、検査の結果、実は胃の幽門部に癌が見つかり、余命半年の診断を受けました。摘出は難しいため、食事の経口摂取が可能となる胃と腸のバイパス手術を選択しました。

本人には真実を知らせませんでしたが、気づいていたのかいなかったのか、病院でも老健でも明るく過ごし、術後約1年終末の食卓まで皆を笑わせてくれました。ありがとう、おばあちゃん。

ちょっと天国まで　ほな、サイナラ

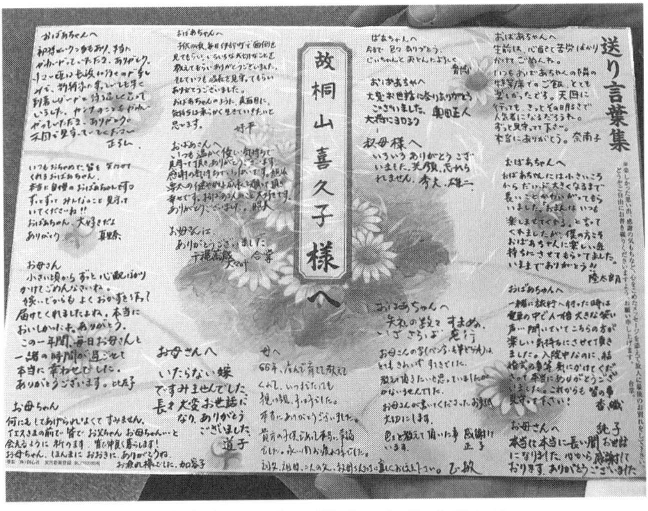

たくさんメッセージをいただきました

あとがき

新型コロナウイルスがあっという間に世界中に蔓延し、街の中から観光客が忽然と消えた。油屋が本当に「油を売る」しかない状況に陥っていたところ目に入った文芸社の「Reライフ文学賞」募集の新聞記事。2008年から8年間にわたりほぼ毎日書き続けたブログ「じんとにっく」から母と家族の会話を紹介するシリーズ「週末の食卓」を抜き出し、整理したものを作品として応募することにした。

予想通り選には漏れたものの、年が変わって文芸社の出版企画部から丁寧な作品講評をいただき、併せて自費出版の打診があった。費用面からも迷いはあったが、ここで思いとどまっては一生後悔しそうな気がして書籍化を決断した。お誘い下さった文芸社出版企画部の飯塚孝子さん、編集でお世話になった西村早紀子さんには心から感謝の意を表したい。

昨年は母の七回忌だったもののコロナ禍ということで、法要はごく身内だけで済ませた。賑やかなことが好きだった母には随分申し訳ないことをしたが、本作をせめてもの供養の品としたい。生きていたら数えで100歳。百寿の御祝も兼ねて霊前に供えることにしよう。

四代目油甚　桐山惠行

著者プロフィール

桐山 恵行（きりやま やすゆき）

1960年生まれ。
滋賀県長浜市出身・在住。
1983年、一橋大学経済学部卒。
同年、日本石油株式会社（現ENEOS）入社。
1992年、帰郷し家業継承。現在に至る。

週末の食卓

2023年1月15日　初版第1刷発行

著　者　桐山 恵行
発行者　瓜谷 綱延
発行所　株式会社文芸社
〒160-0022　東京都新宿区新宿1－10－1
電話　03-5369-3060（代表）
03-5369-2299（販売）

印刷所　株式会社平河工業社

ISBN978-4-286-27060-9